江波科幻精品系列

随风而逝

江波 著

科学普及出版社
·北 京·

图书在版编目（CIP）数据

随风而逝 / 江波著 . -- 北京：科学普及出版社，2020.11
（江波科幻精品系列）
ISBN 978-7-110-10143-8

Ⅰ. ①随… Ⅱ. ①江… Ⅲ. ①幻想小说—小说集—中国—
当代 Ⅳ. ①I247.7

中国版本图书馆 CIP 数据核字（2020）第 161043 号

策划编辑	王卫英	
责任编辑	王卫英 刘　今	
装帧设计	中文天地	
责任校对	邓雪梅	
责任印制	徐　飞	

出　　版	科学普及出版社
发　　行	中国科学技术出版社有限公司发行部
地　　址	北京市海淀区中关村南大街16号
邮　　编	100081
发行电话	010-62173865
传　　真	010-62173081
网　　址	http://www.cspbooks.com.cn

开　　本	880mm×1230mm　1/32
字　　数	145千字
印　　张	7.75
版　　次	2020年11月第1版
印　　次	2020年11月第1次印刷
印　　刷	北京盛通印刷股份有限公司
书　　号	ISBN 978-7-110-10143-8 / I·617
定　　价	30.00元

目录

天空之城

　　茫茫星海，茫茫星海，何处是家园方向；漫漫人生，漫漫人生，那是谁在吟唱；生命转眼间到尽头，时空却流转不休，空阔的宇宙，魂灵在那儿漫游……

　　"我走了很远的路来到这里。能不能给我一口水？我实在很渴。我可以用一个馕和你换。"

　　沙达克沉静地看着眼前的路人，一个风尘仆仆的青年，胡子脏而乱，拉拉碴碴，至少半个月没有刮过。他的皮肤很黑，带着粗粝的质感，是长期曝晒的结果。沙达克看着他卸下包裹。包裹很大，和一个健康的成年人相当，分量也相当，质地粗糙，针线却很细致。

年轻人打开包裹里的一个口袋，拿出一个白色小包，纱线编织的小包，很精致也很干净。年轻人小心翼翼地打开包，里边是排列整齐的馕，一共十个。

"我用一个馕和你换水。"

沙达克仍旧沉静地看着年轻人。沉默地注视让年轻人有些不安，"你能听懂我说话吗？"

"你能听懂我说话吗？"年轻人再次问，有些迟疑，他说了帕丁语，然而口音浓重。

"你说的语言我都懂。"沙达克终于开了口，"年轻人，水井在屋子里，你可以痛快地喝，还可以灌满你的水袋，但是别浪费。把你的馕收起来。"

"谢谢！"年轻人欢喜地把一个馕放在桌上，然后把剩下的馕包上，放回包裹里，拿出水袋，向着里屋走去，留下硕大的包裹在地上。

沙达克若有所思地盯着包裹，然后抬起视线，望着年轻人走去的方向。

黑色的荒漠一望无际。

端木感觉到有某种东西在背后。他一跃而起。一位长者站在眼前，他认出这是此间的主人。端木有些尴尬，"对不起，打扰到你了。"

"没关系。你从哪里来？"

"排岭。"

"排岭？很远吗？"

"很远。我已经走了三十天。其中二十多天没见到任何人。"

"你只能用清晨和黄昏的四个小时赶路。"

"是五个小时。中午太热，晚上又太冷。但我尽量多走一些。运气好，我可以找到沙狮的巢穴，这样就不用自己挖洞。"

"沙狮的巢穴？"

"是的。它们的巢穴很宽敞，不介意多一个人睡在里边。靠着它们更暖和一些。"

"难道它们不会伤害你吗？"

"它们是我的朋友。"

端木好奇地看着眼前的人，后者正用怀疑的眼神看着自己。

"你不相信吗？"

"没有，年轻人，不过我知道，猛兽不会总是那么温顺的。那么，你又准备去哪里呢？"

"一个叫海德什特的地方。哦……"端木伸手从怀里掏出一张皮纸，小心地打开。"这是地图。你看，这里是排岭，这里就是海德什特。"端木把地图递过去，让这个好心人能够看得更仔细些。

地图印制得很粗糙，像是手工制品，方位基本正确，比例错得夸张。这张地图精心地裱在沙狮的蜕壳上，花费了不少心血。

沙达克露出一丝微笑，指着地图，"这里就是排岭？"

"是的。"

"你认识这上边的字吗？"

"这是帕丁文字。我能读出来。排岭，海德什特。还有这里，福尔森，斯塔特。"

"你知道这些字的意思吗？"

"这些是地名。"端木看着沙达克，觉得这个长者的问题有些奇怪。

"那么你去海德什特做什么？"

端木支支吾吾，过了半晌，他说，"我不能说。"

"为什么不能说。"

"这是秘密。"端木的语气不容商榷。

"你们有多少人？"

老者的问题让端木起了警觉，"我可以告诉你更多的事，但是在此之前我必须先知道你是谁。你是谁？这里又是什么地方？"

"我叫沙达克。这里是中心。"

"沙达克？智者沙达克？"端木惊叫起来，"你就是那个永生不死，掌握着永恒奥秘的沙达克？这里就是海德什特？我有很多问题想问你。"

沙达克抬头看了看天空，"太阳很快会升起来，我必须合上井盖。"

"我来帮你。"端木马上动手搬动井盖，然而那东西仿佛浇铸在地上似的，根本挪不动。

"别着急。"沙达克说完这句话，发生了一些奇异的事。水井开始变形、下沉，井盖滑过去，恰到好处地把一切掩藏在地下。端木看着这一切，心情激动。这是智者的力量！智慧可以创造奇迹。他转过头想说些什么，然而目瞪口呆，什么都没说出来。

身后空空如也，甚至连屋子都消失了。端木孤身一人，站立在荒凉且无边无际的旷野上，而太阳马上就要升起来了。

帕丁是一座大城。城市如巨塔般耸入空中。人站在城市脚下，就像一粒微尘。

传说，帕丁是天空之城，因为贪欲而得罪上帝，结果从空中坠落。所有的帕丁人都被迫生活在这片贫瘠的土地上，忍受各种疾病灾祸的折磨。预言说，帕丁会重新成为天空之城，但是此前它会在大火中毁灭。这是一个奇怪的预言，流传了很久，也许从帕丁在这个世界出现开始，预言就已经存在。没有人试图去搞清楚预言说的是什么，帕丁有了自己的生活，一切已经和当年大不相同。然而有一点千百年来一直没有变过——庞大城市里蜿蜒迂回的巷道层层叠叠，没有一个人能够真正看清整个城市是怎么回事。

拉姆正在无数巷道中的某一条里走着。他收到一封邮件，抬头有三颗红色星星。每一个帕丁人都知道那三颗红色星星意味着什么，他必须无条件地服从信里的内容。这里有某种可能，也许这只是哪个伙伴的恶作剧，然而，用这样神圣的标志来开玩笑需要莫大的勇气，拉姆考虑了他所认识的最胆大妄为的家伙，仍旧决定按照信的指示去做。

这条巷道没有人走动，很安静，也很黑。微弱的荧光让道路依稀可见，拉姆沉默地走着，渐渐地觉得有些无聊。这种地方适合很多伙伴一起来探险，热热闹闹，会有趣得多。当然，那样的探险通常会无功而返，不是被大门挡住去路，就是完全没有通路，渐渐地，他们也对这种探险失去了兴趣。还好，来自上层的指令放松了出城控制，这给了大家在荒野上找乐子的机会，兴趣从巷道转移到荒野。固执地保守着老习惯的人被称为胆小鬼。时代变化得很快，毕竟拉姆年轻的时候，探索未知的巷道还被认为是严重的离经叛道的行为呢。

蒂姆每一次都要拉着拉姆去荒野里找乐子。蒂姆是拉姆最好的朋友，从育婴房时代开始就是如此。拉姆正经过一间育婴房的窗口，他停下脚步，隔着玻璃看十几个嫩绿的小家伙打闹，他们的童年时代也正是这样开始的。事实上，拉姆模模糊糊地记得更早一些的事，他应该有个兄弟，来自同一个卵，拉姆甚至模模糊糊地记得他们在卵壳中相互推搡的情形。记得自己的同卵兄弟是一件很奇怪的事，蒂姆就完全不记得。在偷偷潜入育婴房深处察看后，蒂姆承认拉姆说的是事实，然而他实在想不起曾经有这样的兄弟。

拉姆注视着打闹的小家伙们。蒂姆再也不和他在一起了。蒂姆和其他伙伴的最大乐子是找到几个矮人，围住他们，欣赏他们为了活命而苦苦挣扎。拉姆对这种乐子不以为然，甚至厌恶，唯一的一次他亲眼看见蒂姆站在一具血淋淋的尸体旁，他顿时感到十足的恶心和鄙夷。然而蒂姆偏偏是他的朋友，为了推辞这种活动，拉姆只有承认自己是胆小鬼，不喜欢离开帕丁城进入荒野。可事实正好相反，他很喜欢出城去。每一次从外边观看帕丁城，拉姆都会被城市高耸入云的气势所震撼。他不知道该如何想象这样一座城市在空中飞行的场景，然而那一定非常曼妙和美好。灯火辉煌的城市在满天星斗的夜空中优雅地飘移，那就更接近完美了。拉姆在庞然繁复的城市里到处游荡，沉浸在美丽的传说之中，这让他忘掉外边的荒野，忘掉那里的酷热、冰冷和血腥。

拉姆继续走。几个转弯后，他看见了信里提到的标志——配门，隐藏在角落里，很不起眼。这里的确有个密码盘。输入密码之后，门开了，拉姆的眼前豁然一亮。一条长长的通道，一眼望不到尽头。

拉姆深吸一口气，他要走过这条通道，去见那不曾预期的东西。

那会是什么呢？

太阳马上就要升起来。端木开始寻找藏身之处。

智者和他的小屋凭空消失了。那用于交换的馕掉落在地上，白白的，很触目。是的，这样的荒野深处，人怎么能够生存，神一般的智者，才可能是这里真正的主人。水井还在，直径半米多的井盖牢牢地嵌在地上，仿佛天然生成的岩石，岩石上刻着等边排列的三颗星星。智者沙达克就在这里！端木有些庆幸能够经过这里，遇到智者，目睹奇迹。他一定能够提供莫大的帮助。

太阳已经微微露头，比较稳妥的办法是马上开始挖洞，然而端木决定试一试运气，他对着荒原，发出一种奇特的声音。远方突然有了动静，一股沙尘飘扬起来，端木喜出望外，飞快地背上包裹，大步流星地向着沙尘扬起的方向奔跑。那里有沙狮的巢穴。

明天凌晨起来，可以在半个小时内赶回这儿，这样，就有五个小时可以和智者沙达克长谈。

无所不知的智者！端木一边跑，一边设想着明天见面的情形。他应该向这个神一般的人物问些什么问题呢？

沙达克，传说中他已经活了上千年，然而看起来，他没有那么老，甚至没有长老那么老。他就是一个神。

一个全知全能的神，了解天上地下所有的一切，为人类守护历史，指引将来。他想，什么时候，我也能成为一个神呢？

通道分明不长，拉姆却觉得他在其中滞留了很久。最后他看到了另一扇门，紧紧闭着，就像他在无数次探险中看到的情形一样。信里边并没有告诉他接下来要如何，他一直走着，最后在撞到门之前停了下来。

门静悄悄地闭着，没有任何动静。就是如此吗？拉姆有一种被戏耍的感觉。他打开腕屏，仔细查看信的抬头，是的，那的确是等边排列的三颗红星，星和星之间有线条相连，正是那种每一个帕丁人从小就熟悉的笔画。没有人会拿这样神圣的标志开玩笑！

拉姆仔细地观察眼前的门，和眼睛平齐的位置有一个下陷的小孔，拉姆试着伸手触摸。就在手指碰到小孔的一刹那，突然有东西弹了出来。拉姆触电般缩回手。小孔里弹出了一颗小球，瞳仁般大，一半嵌在里边，一半露出，鲜红色，光芒闪烁不定。拉姆迟疑地看着它。两秒钟之后，小球的颜色开始变得暗淡，最后完全失去光彩。拉姆听到细微的咔啦声，然后小球缩了回去，恢复成小孔的模样。

拉姆再次仔细查看大门。突然间他恍然大悟，原来如此，事情原来这么简单。他伸手飞快地在门上触动三下，三个红色的小球在门上出现，等边三角排列。主星连接到右星，曲率三，主星连接到左星，误差九……拉姆娴熟无比地在三个小球之间画出一道道轨迹。指尖在门上滑过，拉姆可以感觉到冰凉的金属上那浅浅的痕迹，这坚定了他的信心。

左星，环五。拉姆画完最后一道。

没有任何事情发生。拉姆把手按在门上。三个小球同时发出耀眼的光芒，光辉在门上蔓延，整个大门淹没在红色光芒里。眼前变成一片虚幻。

光芒消失，门已经不在那儿了，广阔的空间无中生有般呈现在拉姆的面前。

拉姆惊讶地四处张望。

端木倚靠着沙狮庞然的身体。沙狮的腹部柔软而温暖，正像一张舒适的靠椅。巨兽转过头，呼出一股气流，喷在端木脸上，端木伸手把它的脸转了过去。

外边已经是六十摄氏度的高温，但是巢穴里仍旧很凉爽。沙狮的巢穴有着特殊的地形要求和精巧的结构，能够保温，白天不会太热，晚上也不会太冷。因此这里是各种阴生植物和虫豸的天堂，只要它们足够幸运没有被列入沙狮的菜谱。在荒原上，沙狮是当之无愧的霸王，全身披满鳞甲，刀枪不入，前爪尖锐，可媲美最锋利的刀，强大的力量让任何动物在其面前都脆弱得不堪一击。当沙狮在荒原上奔跑，没有任何活着的东西可以阻挡它的去路。

端木轻轻地抚着沙狮背上的硬甲。

巨兽很安静。突然，它转向某个方向，然后一动不动，似乎在凝听，过了几分钟，沙狮躁动起来，突然站起身，开始在巢穴里徘徊。端木微微一笑，另一只沙狮正在邀请它，是一只发情的母狮。毫无疑问，它不能拒绝这样的邀请，然而这是正午，外边是极度高温，而那只母狮，远在十几千米之外。

端木挪动到一个角落里躺下，避免被来回走动的沙狮弄伤。紧靠着墙壁长着一片棱草，端木随手摘了几片叶子放进嘴里。这种草没有任何营养，然而有种特别的味道，有些人特别喜欢，甚至一天也离不了。端木并没有这种癖好，然而放几片叶子在嘴里嚼着，他的思绪可以更放松一些，飞得更远一些。他慢慢合上眼睛。

沙狮突然停止了徘徊，它躺下来开始睡觉。端木再次微微一笑，沙狮开始为傍晚的活动储备精力了。再过六个小时，它要奔驰十几千米，也许还要面对两只或者三只公狮的挑战，然后它会面对一只因为发情而失控的母狮，最后，它还要在太阳完全落山之前赶回来。相比之下，端木要做的事就简单了很多。

然而，沙狮已经呼呼睡去，端木却久久不能入眠。他睁开眼看着这个庞然大物，凶猛的巨兽呼呼地沉睡，那样子却像一个婴儿。

什么时候，我也能做一只沙狮，在荒原上自由地独来独往，不用记着过去，也不用担心将来。

这是一间宽敞的大厅，光线明亮，许多人忙忙碌碌。

大厅向着四面八方延伸，给人无限空旷的错觉，拉姆感到眩晕，仿佛正站在帕丁城外，仰望那庞然的建筑，高耸入云，消失在无穷的远方。

这里就是上层吗？

没有人招呼拉姆，他缓慢地挪动步子，在人群里四处张望。每个人都忙着自己的事。他们的防护淡淡的，有些发白。拉姆甚至见到了一个全身发白的人，绿色已经褪去，只剩下隐隐约约的光泽，显然，他已经很久很久没有接触过阳光了。

拉姆看到了塔克姆。他惊讶地张开嘴，最后还是没有喊出来。

"塔克姆，你竟然在这里。"他走过去打招呼。

显然，塔克姆的记忆并不像拉姆那么好，他居高临下地盯着拉姆，看了半天说："对不起，请问你是……"

拉姆并没有觉得沮丧，塔克姆总认为自己是一个贵族，在穷人面前，贵族的记忆总是显得不太好，哪怕他们曾经在同一个抚养室里度过了童年。

"我是拉姆。"拉姆微笑着。

"拉姆？"塔克姆惊奇地瞪大眼睛，"啊，你真的是拉姆，但是你怎么变得这么瘦？你的防护怎么变得这么绿？难道你到下面去了吗？"

"你说什么，塔克姆？"

塔克姆若有所思地看着拉姆，"噢，我明白了，你是拉姆，但你不是这个世界的拉姆。怎么样，那个世界的塔克姆好吗？他有我这么帅吗？"

"你在说些什么？难道你不是塔克姆？"

塔克姆大笑起来，"我当然是塔克姆，然而这里不是你的那个世界，小笨蛋！"

毫无疑问，眼前的人和塔克姆有些区别，塔克姆从来没有当面骂过谁笨蛋，他也没有那样的胆量。拉姆很快就让眼前的这个塔克姆明白谁才是真正的笨蛋，他狠狠地揍在他的下巴上，塔克姆高大的躯体飞起来，然后重重地摔在地上。

繁忙运转的世界突然停顿下来，有那么两秒钟，拉姆成了世界的中心。

"一个沙罗迪。"突然有声音轻轻地说，"谁是他的圣体？"

塔克姆从地上爬起来，恶狠狠地向着拉姆扑来。然而有人从背后抱住了他。

"放开我，这个垃圾、牲畜、腌臜货！我要把他的脑袋拧下来泡在马桶里。"

"塔克姆，你是一个库罗巴，不要这样说话。"

"塔克姆，你是在说我吗？"有人接过了话茬儿。拉姆有一种不祥的预感，循着声音，他找到了那个人，一双蓝色的眼睛也正望着自己。没有什么比这双蓝色的眼睛更让拉姆感到毛骨悚然的，它似乎能透入内心，洞察一切。

蓝眼睛转过头，对着塔克姆说，"你是否要把你的沙罗迪喊来，我们二对二。"

塔克姆马上冷静下来，他狠狠地瞪了拉姆一眼，然后挤进人群里走掉。

"你好拉姆！我是拉姆。我知道首领召唤了你。"

"我们产自同一个卵，然后分开抚养。你是沙罗迪，而我是库罗巴。这只是一个随机选择，就像此刻，你打算从左边的门走还是从右边的门走。"

拉姆沉默不语。身边的这个人和自己一模一样，只是眼睛是淡淡的蓝色。拉姆接受了来自同一个卵的说法，他相信这正是自己那模糊记忆的佐证。同卵兄弟更魁梧，更自信。也许这因为他是一个库罗巴而自己不过是沙罗迪。

蓝拉姆觉察到拉姆的情绪，安慰他，"我们是兄弟。"

"不，你们高高在上，我们却像傻瓜。"

"是的，这是一个问题。不过这不是我的错，我们的先人设计这一切的时候，并没有想到会是今天这种局面。"

"为什么要找我来？"

"首领召唤你。你是幸运的。"

"你不知道为什么吗？"

"我不知道，我只是为首领服务。"

拉姆看了兄弟一眼，准备走进前边的门里。

"沙罗迪已经走出帕丁城，他们找到了矮人部落，杀死了很多矮人，是吗？"

"怎么？"

"首领只是让他们出城，并没有其他的，然而他们自己开始了杀戮，真让我意外。"

"你希望阻止这一切发生？"

"我当然不介意。矮人不过是一个亚智慧种族，是沙罗迪的猎杀物。我并不介意。"

"我讨厌这种说法，他们的确是人，他们的形体和我们相似，至少，他们和我们一样，有一双眼睛。"

蓝拉姆紧紧地盯着拉姆，"你可怜他们！"

"我只是可怜我的同胞。"

蓝拉姆微笑，然而冷冷的，让人感觉不到笑意，"我知道你很特别。你是沙罗迪中的一个异数，其他人只懂得暴力，而你还有头脑。有的事，必须要一个有头脑的战士来做。沙罗迪都愿意听你的。当然，他们也会听从命令，但这不一样，他们听你的，因为他们相信你，听从命令，就是另外一回事了。"

"他们是最好的战士！"

"我们是兄弟。上帝给了你杰出的头脑，就是命运也无法将它埋没。"

端木醒了过来。沙狮仍旧在沉睡。巢穴外边有些异常的响动。

端木熟悉这种声音，就像蒸汽从紧闭的缝隙里向外泄漏。帕丁人！端木一挺身，站起来。沙狮向着端木侧了侧头。

"对不起，伙计，我要看看他们想干什么。"端木小声道歉，拍了拍沙狮的头，悄无声息地从洞口钻了出去。

毒辣辣的阳光让人睁不开眼，全身开始出汗。端木知道自己坚持不了多久。更强烈的咝咝声，循着声音，他看到一个半透明的气泡在空中飞行，不疾不徐，仿佛正在散步。一个帕丁人坐在气泡里，四处张望，仿佛在寻找什么，或者正觉得百无聊赖。更远方是另一个气泡。

这种看来很脆弱的气泡飞行物有着可怕的杀伤力。它能够变成银光闪闪的飞艇，发射毁灭性的火力。端木亲眼见到这样的一个气泡变成飞船，把一个堡垒转眼间变成乌有。

很小的时候，端木经常听说关于帕丁人如何可怕的故事，然而长大之后他发现，所有关于帕丁人可怕的故事都不过是传言。整个部落没有一个人亲身经历过，甚至没有一个人见到过真正的帕丁人。他们会指着那遥远地方高高的银色顶峰说，那就是帕丁人的城市，魔鬼居住的地方，千万别去，除此之外的一切除了传言还是传言，端木也就变得将信将疑。

然而传言突然变成真实。那一天他在荒漠里找到了两具尸体，已经被太阳烤成干尸，然而残酷的痕迹仍在，端木看到惨不忍睹的尸体，赤裸裸的虐杀，让他不敢相信。过了半个月，沙狮部落遭到袭击。三个花花绿绿的肥皂泡从天而降，里边走出三个巨人，穿着绿色的铠甲，硕大的脑袋仿佛一个肉球，除了一双细小的眼睛别无他物，和传说中的帕丁人一模一样。长老走上去与他们交涉。那些肥硕的脑袋里不知道装着怎样邪恶的念头，其中一个人挥动拳头，重重地打在长老头上，可怜的老人摔倒在地，当场死掉。人们群起而攻，帕丁人大开杀戒，整个部落变成梦魇。三个帕丁人最后回到了肥皂泡里，飞起来。在半空中，一个肥皂泡变成了银光闪闪的飞船，一团火光从飞船里发射出来，落在城里最高的堡垒上。巨大的轰鸣几乎震聋人们的耳朵，堡垒被夷为平地。

端木是幸存者。整个沙狮部落仅仅剩下二十五个人。马西里多、李李、妄布拉——他们正在荒野里追踪沙狮，拾取沙狮遗弃的猎物。还有二十一个孩子，他们正在地下书院里上课。端木把孩子们暂时安顿在沙狮巢穴里，然后带着马西里多、李李、妄布拉投奔雷塔部，这是所有部族的母族。雷塔部的长老们静静地听完整个故事，大长老把眼睛转向端木，"端木，我们应该先发制人，我们需要你的帮助。"

先发制人！这是端木此刻在这里的原因。然而情形看起来并不妙，帕丁人的飞船正飞向雷塔部的方向。这些该死的帕丁人，难道他们又要去杀人？

炙热的阳光让端木感到头皮发烫。他缩回沙狮巢穴。帕丁人又在行动了，他找到了海德什特，找到了智者。沙达克能够指出一条怎样的道路，让族人永远摆脱梦魇？

端木靠在沙狮身上，却再也睡不着。

"茫茫星海，茫茫星海，何处是家园方向；漫漫人生，漫漫人生，那是谁在吟唱；生命转眼间到尽头，时空却流转不休，空阔的宇宙，魂灵在那儿漫游……"他轻轻地哼着歌。那歌声流传了千百年，每个人都会唱。亲友永远离去的时刻，心情苦闷烦躁的时刻，这歌总能让人感到一些安慰。

"茫茫星海，茫茫星海，何处是家园方向；漫漫人生，漫漫人生，那是谁在吟唱；生命转眼间到尽头，时空却流转不休，空阔的宇宙，魂灵在那儿漫游……"

歌声缓慢而沉重。沙达克，因神之名，你能否拯救苦难深重的部族？

拉姆飞出了帕丁城。

他不喜欢这种气泡飞行器，关上舱门，一切就变得四平八稳，没有任何刺激感。他曾经在某一个阴暗的舱室里找到了一些形状奇特的飞行器。查看下来，这些飞行器的制造技术很独特，使用空气动力飞行，需要高超的技巧才能操纵。那样的飞行会是一门艺术。飞行器的座舱很小，根本坐不下一个人，拉姆的第一个想法是这是很久很久以前孩子们的玩具，但它装备了反重力系统，甚至比气泡飞行器先进许多，而且，尽管没有人使用，却一直处在良好的维护中，这看起来也就不像一件玩具了。此刻，拉姆突然意识到，这是很久很久以前，矮人的飞行器。

蓝拉姆告诉他，矮人不过是一个亚智慧种族，智力低下，只能够勉强被称为人。拉姆对此嗤之以鼻。如果他们能够造出那样的飞行器，能够在蓝天里以艺术的方式飞行，那么他们就不是那么愚蠢。更何况，首领关注他们，交给他的任务就是巡视中心废墟，监视并汇报区域内的任何异常，特别是关于矮人的情况。

拉姆相信自己并没有见到首领本人，他看见了几个化身，几个飘在空中的幻影。"去吧，替我看看那里到底还有些什么？"飘忽的幻影催促着他。拉姆服从命令，他可以感受到幻影背后的那种复杂性，他相信这就是他应该效忠的对象，在帕丁的最深处控制着帕丁的命运。至于库罗巴，虽然只有短暂的接触，拉姆却深刻明白他们的秉性，他们虽然高高在上，甚至能决定沙罗迪的生死，却胆小懦弱，毫无生气。从这点来说，他们甚至不如率性天真的沙罗迪。然而，正是他们在背后操纵一切。毫无疑问，如果首领不下达指示，库罗巴就控制着帕丁。拉姆想起了传说，天空之城因为贪欲而坠落地上。拉姆一直不明白为什么帕丁要受到这样的惩罚，也许那已经是太久远的历史，时间抹去一切痕迹而用传说来保持一份遥远的追忆，可库罗巴的存在告诉他，那的的确确是一种可能。当一群人出于某种目的利用自己的同卵兄弟时，没有什么是不可能的。

拉姆不知道中心废墟会有些什么东西。那实实在在只是一个废墟而已。蒂姆向他提起过。那是一片爆炸之后的残余，时间久远，已经消失在荒草和尘土中，如果不是因为地图的标记，实在很难发现。

"你知道为什么首领要我去查看一片废墟吗？"他向蓝拉姆提出这个问题。蓝拉姆没有丝毫犹豫，"首领的命令就是一切，沙罗迪不需要知道为什么，甚至库罗巴也不知道。"

"如果我想知道答案呢？"

"为什么在首领之地你不自己问？"蓝拉姆盯着首领之地的门，"你还可以再进去一次，你是我的兄弟，我可以默许你这么做。"

兄弟！拉姆嗤之以鼻。伴随着卵壳的破裂，他们就此分开，库罗巴和沙罗迪这两种天上地下的生活让他们完全成了陌路人。相同的基因不过给了他们类似的身体，迥异的生活赋予他们完全不同的头脑。

为什么不开口问首领？这的确是一个问题，拉姆觉得自己必须仔细地想一想。

"兄弟。我祝福你！就是库罗巴也很少有机会能走进这扇门。你很幸运，见到了首领，很多库罗巴正在忌妒着你呢。

"执行完任务回来找我，我们还有很多事要做。

"在帕丁城里，除了我自己，你是我唯一可以相信的人。"

蓝拉姆目送他坐进气泡飞行器，向他挥手致意。

拉姆看到了那冰冷的蓝色眼睛，不知道为什么，每一次他都会因为那双蓝眼睛而微微有些心惊肉跳的感觉。

拉姆飞出了帕丁城。

西北偏北有个叫"排岭"的地方，那是矮人的聚居地。拉姆调整航向。命令要求他去巡视中央废墟，然而他并不是一个喜欢服从的人。那些躲藏在幻影背后的神秘人物懂得颇多的历史和科学，然而他们不懂拉姆。他并不是一个被塑造出来的战士、奴隶，而是一个人，一个完整的人。定义一个人是否完整需要一张长长的列表，然而最根本的一点是他必须有独立的人格和准确的判断力，很不幸，拉姆两项条件都具备。

去排岭，找到矮人。矮人决定着整个事件的走向。躲藏在黑暗中的首领控制着库罗巴，控制着整个帕丁，却对一群毫无威胁随时会被剥夺生命的矮人感兴趣，这有些耐人寻味。拉姆回味着首领之地那几个若有若无的影子，庞然的空间被强大的屏蔽隔离，几道细微而强有力的数据流穿透屏障，控制着它们。一群人刻意保持着神秘，意味着背后有些不可告人的东西。拉姆很厌恶这种感觉。矮人生活在荒野里，他们在极度恶劣的环境里顽强生存，虽然很肮脏，却比躲藏在黑幕后边神神秘秘的大人物要容易亲近地多。一种别样的生物，拥有智慧的别样生物。拉姆不知道如果真正面对一个这样的生灵会有什么样的感觉。

气泡飞行器缓慢地飞行，一望无垠的黑色大地在遥远的地平线上沉没，那里，群山环绕。黑色的群山之间，一座白亮的城市，就和帕丁一样醒目。

排岭。那里有一群矮人，有一座城市，也许和帕丁一样，是一座坠落的天空之城。

天空里，飞翔着大大小小的城市，夜幕来临，就是无数飘移的灯火。辉煌绚烂的文明之光照亮整个天宇，那是关于帕丁的美丽传说的另一版本。

太阳还没有完全下去。这个时候走出巢穴是一件危险的事，然而端木已经不能再等下去了。他必须行动。

如果有沙狮的保护，这段旅程不算什么。他可以躲藏在沙狮的腹部，避开毒辣辣的阳光，然而沙狮并不希望被打搅。它正在发情。

还有一个小时才能出门。端木盘算着是否应该冒险。他回忆着智者的话，一天之中也许他只在清晨、黄昏的四个小时内活动，其他时间要躲藏在那口深深的井里。如果这样，即便去得早了，也只能等着。然而，帕丁人……端木觉得自己一分钟都不能再等下去。

他开始准备行装，从包裹里挑出两个长杆，一匹白布张着，形成一个硕大的凉棚顶在头上，水壶吊在腰间，一根水管衔在嘴里。端木喝下一口水，跨出巢穴。

灼热的空气从四面八方挤压过来，汗液顷刻间涌出，又在顷刻间蒸发得干干净净。端木向着智者的水井迈开步子。从高空中看下去，一望无垠的黑色土地上突然出现了一个小小的"白斑"，看得更仔细些，这个小小的"白斑"正在挪动。

拉姆听到了蒂姆的呼叫。

"中心区 5.6，出现了一个奇怪的物体，似乎是矮人。"

拉姆接入通信，"蒂姆，我是拉姆，我要向 719 点靠拢，你来和我会合。"

"拉姆，你居然出来了？打开你的通信监控，我们在你附近。我正纳闷是谁呢，原来是你。"

"我去看看那是个什么东西。也许是矮人。"

通信监控打开，拉姆看见两个气泡飞行器正向自己靠拢。

"拉姆，中心区 5.3，在你下边，有一个矮人。"

"矮人？"

"是的，就在你下边，你可以降低高度看一看。"

拉姆拉低高度，很快就在监视器上看到了那个白色的东西。在酷热的环境下，那是一个低温中心，比一般动物的体温要低得多，那么不是帕丁人就是矮人。帕丁人绝对不会在荒原上乱跑。所以那肯定是个矮人。

气泡飞行器飞快地降低高度。

"哈，拉姆，你抓住他了。让我来，我最喜欢玩这种游戏了。"

"蒂姆，别傻了。"

有什么东西正在窥探。端木有种不安的感觉。他四处张望。远方有两个帕丁人的气泡，正向着自己飞来。那是刚才的两个气泡，帕丁人折回了。端木想自己已经被发现了，逃不掉的。天上飞的东西，就算是个气泡，也比地上快得多。在劫难逃，却必须逃。端木转身，向着沙狮巢穴跑起来。

突然，他有更强烈的预感，他停下来，抬起头。他把两支长杆抬起来。头顶上方距离两米的地方，悬浮着一个气泡，距离如此贴近，充满压迫感，庞然的巨球仿佛随时会砸下来。他看到一个帕丁人，正透过气泡看着自己。一双红色的眼睛，看起来非常吓人。是的，这才是那个气泡，它悄无声息，已经贴在头顶。端木突然感到一阵悲哀。气泡是冲着自己来的，死定了。死亡并不可怕，然而整个部族正在等着他的消息，就这样死掉实在不甘心。端木停止奔跑，慢慢地走着。庞然的气泡不紧不慢地跟着。而天边的那两个正急匆匆地赶过来。

哪怕只有最渺茫的希望，也不能放弃。端木喝下一大口水，加快脚步。头顶的这个气泡很奇怪，它并不急着动手，而是紧紧地跟着，就像一个影子。可恶的帕丁人。

距离沙狮巢穴还有五百米。端木继续走。

"蒂姆，我要观察这个矮人。你们不用过来了。"

"为什么，是我最早发现了这个矮人。他是我的。"

"你敢！"

"你这是怎么了，拉姆？这只是个丑陋的矮人而已。我知道你不喜欢我们杀死矮人，你走开就行了，难道你为了这个矮人要和我翻脸？"

拉姆冷静下来。蒂姆虽然很笨，却很忠诚，是一个很好的朋友。他了解蒂姆的心思，他只是要做想做的事。他了解所有的沙罗迪，杀戮矮人对于他们有着无法抗拒的吸引力，这似乎是一种本能，深深地浸入骨髓里，甚至拉姆也没有办法说服他们。拉姆忽然有些悲凉。

拉姆升起气泡。他不能为了一个矮人和朋友反目，然而他也绝对不能容忍蒂姆当着自己的面杀死这个柔弱的生灵，那会让他发疯。他不想和蒂姆进行无谓的争执，他是一个沙罗迪，然而却和其他人格格不入，没有任何一个人会站在他这边，向着矮人说话。不能面对，只有逃避。坚持与众不同的风格是巨大的精神考验。拉姆决心逃避。

气泡升到五百米的高度。从这个高度看下去，黑色的荒原上有一个小小的白点，如果观察仔细，可以发现白点正在缓慢移动。蒂姆的气泡很快逼近，开始降落。

矮人加快了移动，在遥远的距离上也可以看得很明显。他显然感觉到了蒂姆的威胁，为活着做最后的挣扎。拉姆不想再看下去，他决心继续飞向排岭。

"拉克利姆，我们分头降落，把他堵在中间。看他怎么跑！"

"好。你准备怎么玩？"

"打断他的腿，让他在太阳底下晒死怎么样？"

"嗯，我要好好折磨他，让他生不如死。"

"你不知轻重，他们很脆弱。特别是内脏，如果损伤一点很可能就死了。还是按我说的，打断他的腿好了。我们可以在一边给他挖一个洞，他肯定希望爬到洞里躲开阳光，但每次他快爬进洞里我们就把他揪出来。"

"不知道他能够坚持多久，我赌十分钟。"

"看起来这是个强壮的矮人，他应该能够坚持更长的时间。"

"听起来不错，不过这些东西也会明白我们的意思，不配合。"

"他明白过来我们也玩够了。然后我们可以把他切成一片一片的。要小心，千万别让他死掉。"

蒂姆和拉克利姆先后降落在荒原上。他们走出气泡。

矮人遗弃了他的白色防护，赤裸着在太阳下奔跑。

蒂姆和拉克利姆从两头包抄。他们从容不迫，准备活捉矮人。他们知道，很快，这个矮人就会因失水过多无法继续逃跑。

矮人为了最后的一点希望在奔跑。

拉姆觉得再也无法忍受下去，他必须做点什么来制止这充满血腥的游戏。气泡降低高度，拉姆向着蒂姆飞去。

拉姆挡住了蒂姆。两个绿色的巨人在荒野里对峙着。

"你干什么？"

"蒂姆，这个矮人是我的，不要碰他。"

"你想干什么？"

"我要带他去参加一个实验。"

"什么实验？"

"你不用问。很重要。"

"你骗我！我不信。"

"真的。难道你连我也不相信？"

蒂姆犹豫起来，最后他摇摇头，"不，拉姆，你和我们不一样。你聪明，你懂得很多东西，但是你和我们不一样，你不想杀死任何一个矮人。我能感觉到。不要想骗我。我必须杀死他。"

"为什么？"拉姆吼叫起来。

蒂姆愣了愣，说："我必须杀死他！我想杀死他！我一定要杀死他！"

"为什么？"拉姆的声音让蒂姆觉得耳膜发痛。蒂姆不知道怎么回答这个问题，然而他知道自己想杀死这个矮人，想用各种可能的手段折磨他，杀死他，就像生活需要空气和水一样想。

他绕过拉姆去追矮人。

"如果今天你杀死他，我也会死。你能看着我死掉吗？"

蒂姆停下来，犹豫着，然后继续跑，"你骗人！你不会死的。"

突然他又停下来，"如果你真的有危险，我会先救你，然后再杀死那个矮人。"然后继续跑。

拉姆向着蒂姆追过去，"蒂姆，不要伤害他。他是个人，和我们一样。"然而蒂姆根本没有回答他。

一个、两个、三个！这些绿色的巨人不断地逼近。

这并不公平。他们都穿着很好的防护，毫不害怕滚烫的阳光，而端木在阳光下的每一步都要付出巨大的代价。灼热的空气让浑身的血液都在沸腾，肺部抽搐般地疼痛。眼前的景象变得有些模糊。

跑！端木的脑子里只有一个念头。前方三百米就是沙狮巢穴，那里是最后的一点希望。一个帕丁人正从侧面包抄过来，再有十米，就会被抓住。端木一边继续跑着，一边把短刀交到左手里。他把水袋抽出来，一口喝干剩余的水，然后把水袋抛掉。帕丁人靠得很近。在这个距离上，小弓是有力的武器，然而刚才放下包裹的时候，他没有把小弓拿出来。端木侧头向帕丁人看了一眼，肉球一般的脑袋上，两只可怕的眼睛正盯着他。

背后的两个帕丁人也逼近得很快。端木把刀子握得很紧。

帕丁人已经就在身边。端木无力地挥舞着刀子，不让他抓住自己。显然，他也并不急于抓端木，只是轻松地跟着。端木费力地跑出两步，他只需要轻松地跨出一步。他就这样跟着端木。

端木再走了两步，整个肺部仿佛爆裂一般难受。他看了一眼不远处隐隐隆起的小丘，那地方很近，却实在走不过去。他蹲下来，把身子蜷成一团。如果跑不掉，至少要让他们付出一点代价。

帕丁人站着不动。另两个帕丁人也很快赶过来。

"蒂姆，不要伤害他！"端木听懂了帕丁语，他抬起头，晃眼的太阳底下，他看到了那个想保护他的帕丁人。居然有帕丁人不想伤害他。这是一句谎话。

"拉克利姆，你说怎么办？"

"让我来。"那个叫作拉克利姆的帕丁人走上一步。

这个世界并不是没有奇迹，只是你不愿意去发现。矮人是一个生存奇迹。也许他们和帕丁人一样来自天空，然而他们已经和荒野融为一体。

蜷缩的矮人突然站了起来，拉克利姆吓了一跳，退后一步。矮人并没有挥动他的刀子。他站直了身体，拉直脖子，从喉咙深处发出尖厉的喊声。这声音就像两片金属相互刮擦，粗暴地刺激着耳膜。

拉克利姆惊讶地看着矮人，愣了两秒后他回过神来，跨上去把这个"噪声盒"踹倒在地。突然间，地面微微震动，前方扬起一股沙尘。三个帕丁人向前方望去，地面上，有一个黑色的东西正向着这边急速靠近。

"那是什么，拉姆？"

"不知道，看样子很凶猛。"

"是他招来的？"

"也许是。"拉姆看着矮人，他已经奄奄一息。

黑色凶猛野兽的速度很快，转眼间，已经能够看清轮廓。那汹汹而来的气势，似乎要把挡在路上的一切踩在脚下。它直奔着三个帕丁人而来。

拉克利姆开始后退，"我有点害怕，我要回气泡里边。"

"不，拉克利姆，别动。"

拉克利姆并没有听拉姆的话。恐惧驱使他转身狂奔。

猛兽仿佛一阵黑色旋风，从拉姆和蒂姆眼前扫过。然后一声惨叫，拉克利姆的身体被高高抛起，重重地摔在地上。怪物尖锐的爪子一把抓碎他的脑袋，狠狠地踩了下去。

一切不过是几个瞬间，拉姆和蒂姆呆滞了一秒钟才意识到拉克利姆已经完蛋了。蒂姆掏出枪，向着怪物连续射击，庞然的猛兽转过头，发出低沉的吼声。子弹打在背上，没有致命，长而粗壮的尾巴有力地扫在蒂姆身上，把他打翻在地，几乎晕过去。

"拉姆，快走，我来保护你！"蒂姆抽出战刀。锋利的刀锋在阳光照射下发出刺眼的光芒。

"不，蒂姆，别动，让我来。"

怪物已经转过头来。蒂姆在地上滚动避开它，他并没有听到拉姆说些什么，他大声地喊叫，"拉姆，快走。我一定能拖住它！快走。"

没有一个帕丁人知道，沙狮拥有怎样狂暴的力量，那是自然的另一种极致。也许精心准备的蒂姆可以对付这样的猛兽，但是在眼下，那只能是一边倒的战争。

蒂姆没能站起来。沙狮的爪子准确地搭在蒂姆的头上。绝对的力量让蒂姆毫无还手之力，他像一个玩偶被随意摆弄，毫无希望，然而凶悍的本性让他鼓起最后的勇气挥动战刀。刀砍在沙狮腿上，仿佛劈在了岩石上。

怪兽发出低吼。

端木醒过来。

他看到了绿色的身影。他努力想站起来。身体有些异样，他被套在很厚的防护里。他审视着身上的防护，绿色，坚韧，看起来仿佛帕丁人的铠甲。

突然，地面一阵颤动，整个倾斜过来，端木被甩在一

边，撞在墙上。某种力量让他觉得身子沉重。端木挣扎着站起来。

"你醒了。不要乱动。我们正在爬高。"

端木听到了帕丁语。那个帕丁人背向自己坐着，并没有回头。视线越过他的肩膀，端木看见黑色的大地，景物正在飞快地变小。他明白自己被帕丁人俘虏了，正在一个气泡里。

"下边就是你们的聚居地，看起来你们并不欢迎我。不过这样的动能武器对我毫无作用。"

端木看到了排岭，雷塔部的银色堡垒就在脚下。他熟悉那儿的每一寸地方。他看见人们因为帕丁气泡的到来而四散奔逃。

"你想干什么？"

帕丁人转过头，"我想去你们的部落看看。顺便送你回去。不可能把你带回帕丁城。"

端木狠狠地盯着帕丁人，"你们到底想干什么？毁灭一切？"

"我不知道。但是我不想让你受到伤害。"

"为什么要救我？"

"觉得你很可怜。不想看着你死掉。"

端木突然想放声大笑。魔鬼般的帕丁人居然会有这样的同情心。然而他确实救了自己。沙狮会消灭侵入者，但不会救护他。沙狮是天生的荒原之王，强者生存是它们的唯一法则，即便是刚出生的沙狮，也是荒漠里绝对的霸主。除了另一只沙狮，不会有任何东西能对它们构成威胁，哪怕灼热滚烫的阳光。它会消灭三个帕丁人，然后离开。如果端木仍有力气，可以附在它的腹部回到巢穴，然而对于躺在那儿垂死的端木，它不会有任何同情。

"哼！"端木冷笑。

帕丁人转过头去，"坐下休息，你仍旧很虚弱。我会让气泡平稳一些。"

端木感觉到身体的虚弱，他需要大量水分来恢复平衡。他坐在地上，"水！"

"我知道你大量失水，但是我不知道什么地方能有水给你。我们只需要空气中的水，可能你的防护还不能在短时间内提供足够的水。把你送回去也许能解决问题，但是你的同伴似乎并不欢迎我。我可以送你去什么地方？"

端木有些意外。这个帕丁人的语气很平静，却充满着关切，就像是一个非常想帮忙的朋友。过了半晌，他说，"我不知道怎么和你说。"

气泡停止上升，帕丁人似乎在思考，过了一会儿，他说，"你可以坐到这边来，告诉我往哪边飞。"

　　端木迟疑着，"你到底想干什么？"

　　"救你的命。"帕丁人转头盯着端木。

　　帕丁人高大的身躯仿佛一种威压。端木沉默着。

　　"好吧。"帕丁人坐直身体，"有一个地方我们可以去，我们相遇的地方，附近应该有水。你有二十分钟时间考虑是否愿意给我指路。"

　　气泡在空中转向，开始飞翔。

　　"我的名字叫拉姆。你叫什么？"

　　"端木。"

　　气泡快速而平稳地飞行。帕丁人和矮人从来没有在一个空间里靠得这么近。

　　"那么沙狮呢？"

　　"我让它平静了下来。"

　　拉姆的回答很平静。端木却不相信。

　　"你通过某些频段的脑波和它交流。我学会了。"

　　端木有些不知所措，他不明白这个叫拉姆的帕丁人在说些什么。他试图搞得明白些，"你能够和它说话？"

　　"是的，它是一种很温顺的动物，只要你不是它的食物或者敌人。"

　　"你怎么做到的？"

"你给我做了示范，我学会了。"

"示范？"

"你最后召唤它，你的大脑激发到了一种亢奋的状态，我可以感受到那种脑波，分析后我明白了其中的含义。你告诉它，有敌人侵入。只要我能够模仿那种脑波，它就不会认为我是敌人，对吗？"

端木没有听懂，然而他明白，这个帕丁人非常不简单，他在短短的几分钟内就窥破了沙狮部落几百年的秘密。和沙狮共同生存，这是部落的骄傲。拉姆却在短短的几个瞬间掌握了其中的奥秘，不仅如此，他似乎懂得更多。

端木不知道说些什么，最后，他说，"你们为什么要屠杀？"

"对不起。似乎他们对你们的血有成瘾的嗜好，一旦接触，就再也摆脱不掉。我很抱歉我的族人给你们造成了伤害。但是，他们也是身不由己。有的时候，理智能够战胜本能。而大多数时候，本能会把理智消灭得一干二净。"

"你和他们不一样？"

"一样，不过有点不一样。"

"什么？"

"我厌恶看见你们被屠杀。我以为这是一种理性的选择。然而，现在我明白，这是一种潜意识里的本能。我有保护你们的倾向。和伙伴们没什么不一样，我也被本能控制。这真是一件滑稽的事。"

拉姆说完抬头看着天花板，沉默了一会儿，最后冷冷地笑了一声。

端木努力理解拉姆说的每一句话。拉姆的帕丁语里边有些词汇他根本不曾听过，也无从明白。然而从拉姆的语气里，端木判断这个帕丁人并没有恶意。

"前边很快到了。我怎么能把你送到安全的地点？"

端木从舷窗向外看。他看见了沙狮巢穴。他也看到了帕丁人的气泡，静静地趴在黑色的荒原上，夕阳的余晖映在上面，分外醒目。"你把我放在那儿就行了。我会找到。"

"你看起来很虚弱。告诉我地点，我可以把你送过去。"

"不，我自己能行。"

拉姆的眼睛盯着下边的大地，说："操作气泡的方法很简单。你看着，听好。"

拉姆的气泡飞起来，飞快地爬高，很快成了黄昏天空里的一个小亮点。端木看着气泡消失在天空中。

不同的帕丁人。他真的是善良的帕丁人？端木坐下来休息，考虑自己该做些什么。太阳刚下山，这是一天中最适合活动的时刻，再过两个小时，气温会变得冰冷。大量脱水让他的身体变得虚弱，没有太多的体力可以挥霍。

远远的有几个黑影。那是雀魃。这种鬼鬼祟祟的动物特别危险，它们三五成群，集体狩猎，而且很喜欢袭击人。端木发出一种低沉的声音。雀魃迅速离开，那声音标志着附近有一只缺乏耐心的沙狮。

雀魃的出现提醒了端木，太阳刚落山，荒原开始复活。各种各样的生物会出来活动，充满生机，也充满危险。必须尽快找到安全的地方休息，恢复体力。

沙达克！端木想起智者。必须到他那儿去！

身上的帕丁铠甲看起来很笨重，却很轻，甚至，铠甲能够提供一些动力。他只要轻轻用力，铠甲就能帮助他完成动作，有种飘然的感觉。帕丁人有神奇的能力！然而，他们却是凶残的敌人。端木的目光落在不远处帕丁人的尸体上。这个帕丁人被沙狮杀死，然后身上的铠甲被剥了下来。裸露的帕丁人蜷缩着，看起来羸弱不堪，形态就像一只饿死的狗，也并不比人高大多少。他已经干枯，荒原上的尸体都是这样。端木走过去，他想看看帕丁人究竟是怎么一个模样。某种异样吸引了端木的注意，他俯下身子仔细察看。的确，这是一具干枯的尸体，然而暴露在外的并不是皮肤，而是凝结的血肉。他的皮肤被整个地剥了下来！

端木审视着身上的盔甲，急切地寻找着接合部，想脱掉它。他用力拉扯手臂上的护甲，却隐隐地感到疼痛。他抖动身体，盔甲随着他跳跃，把他的每一个动作恰到好处地放大，就像身体天然的一部分。

那个帕丁人，被整个地从盔甲里剥离出来。他没有皮肤，盔甲就是他的皮肤。

盔甲长在身上，再也脱不下来了！

帕丁人！我变成了帕丁人！端木颓然坐倒在地。

该怎么办，该怎么办？与其成为一个帕丁人，我宁愿死掉！

拉姆在中心废墟上空巡逻。这里没有任何异样。荒草和尘土就是一切。

太阳已经下山。探照灯底下偶尔会有奇怪的影子，拉姆确定那不过是荒原的动物。矮人部落距离这里很远。他们需要居住在山谷，能够避开阳光的地方，毫无遮挡的荒野并不是理想的栖息地。当然，时间会改变一切。临近山谷的荒原里，已经有零星的矮人部落，那个矮人甚至远远地深入荒野腹地。如果再有一千年、两千年，这些矮人说不定能够凭着他们的双脚踏遍这个星球的每一个角落。旺盛的生命力永不衰竭。而帕丁城，也许从古到今都没有发生过变化。

气泡降落。拉姆走在荒原上。他看见了一些奇异的东西。一片模糊中，某种东西微微发亮，弥散在地面上，一点点变得清晰。突然，他听见了气泡飞行器的声音。抬起头，一个闪亮的气泡正歪歪扭扭地向着这边飞。这是那个叫端木的矮人。眼前的光亮重新吸引了拉姆的注意力，某种复杂的结构正在形成，这种复杂远远超越掌握，就仿佛站在帕丁城的底部仰望那遥不可及的高度。强烈的感染力让拉姆感到一阵眩晕，他无法控制地瘫软下来。

光辉变得暗淡，控制性的力量突然间放开了拉姆，让他能够站立起来。眼前的景象令人惊讶。荒野上出现了一个小屋。一个矮人，年老的矮人正坐在屋子前边。他正看着拉姆。拉姆看着他。是的，这不是一个真正的人。他是一个影像。然而他非同寻常，他甚至是一个实体。庞然的让人头晕目眩的奥秘藏在地下，那是一个不可见底的深渊。

"帕丁，很高兴见到你。"

拉姆听到了帕丁语。和矮人那种难听的语调不一样，老人的帕丁语非常纯正。

"你是谁?"拉姆突然有一种不安感，老人仿佛一轮太阳在前方缓缓升起，而恐惧就像阳光下的影子，随着太阳的熠熠发光而愈发的清晰。

"对于帕丁，我的名字叫作指挥官。"

端木驾驶着气泡笨拙地着陆，把拉姆的气泡碰倒在地。他从气泡里出来，几乎晕厥过去。拉姆走过去扶住了他。

端木甩开拉姆。他蹒跚着走到老人面前，突然跪下去，"沙达克，永恒的智者沙达克，我们需要你的帮助。"他非常虔诚地跪在地上，把头埋在双膝之间。

"你是早上来到这里的人。你怎么变成了一个帕丁？"

"他给我穿上这身铠甲。"

"为什么他成了一个帕丁？"老人转向拉姆，用帕丁语询问。

"我想救他。他已经快死了。如果没有防护层，他早就死了。"拉姆向老人陈述。这个看起来弱不禁风的影像，却让他不由自主地服从。指挥官！帕丁人真的要听从他的指挥？服从一个矮人的指挥，甚至只是一个影像？这听起来太过于疯狂。

"这是帕丁的防护层，生化机械结构，细胞结构的确存在和人体结合的可能性，不过这种事从来没有发生过。"

沙达克看着端木，"你竟然穿上了。"

端木抬起头，"永恒的智者，请帮我解开枷锁。我不想变成帕丁人。"

老人沉默着，最后说："我不能帮你。"

绝望刹那间统治了端木，"不！"他大声地叫起来。

"你曾经是人，但是你现在是一个帕丁。我不能帮你。"

"我是人。我是人。"端木大声叫着。

"我无法判定。不能冒险。"

"告诉他，我是人。"端木看着拉姆，"是你把我变成了这样。"

拉姆看着端木。矮人的眼睛里充满着绝望，这已经全然不是那个为了最后一丝希望在酷日下奔跑不懈的战士。他已经全然放弃，歇斯底里。

拉姆一把抓着端木，"听着，你就是你，而不是一个面孔，或者一个身体。帕丁的外表改变了什么？难道你的生命竟不如一个躯壳？"

拉姆放开手，端木瘫在地上。

"你究竟是谁？"拉姆努力克制内心的畏惧感，面对老人。

老人若有所思，停顿了两分钟，最后，他说："世界变化得很快。"

一个帕丁人在帮助我！端木无论如何想不到竟然能够发生这样的事，然而它偏偏发生了，而且是第二次。

"是不是如果有一个人告诉你，他是个人类，需要从防护层中脱离出来，你就可以帮助他？"帕丁人指着端木问了智者这样一个问题。智者的回答是"是"。

帕丁人拉起端木，"走吧。我们去找个人来。"

"什么？"

"去找一个你的同伴来。他需要一个你的同伴来告诉他，你是个人类，你需要帮助。"

此刻，端木坐在帕丁人身旁，静静地看着他操作气泡。

前边就是雷塔部。拉姆让气泡贴着悬崖降落。

"我们在附近降落，步行过去。否则会遭到攻击。"

"我自己去就行了。"

帕丁人并没有回答，端木扭过头，一双红色眼睛也正看着他。

"好吧，快去快回。我要在两个小时内回到帕丁去。"

端木走出舱门，他在门口停顿了一下，说："谢谢。"

端木向着部落走去。他找到了海德什特，虽然他没有看到那个神秘的时空之门，但是至少他找到了智者。他要见到长老，把所看见、听见的告诉他。智者站在我们这边！他对帕丁人有着莫大的影响力，他能够把部族从苦难中拯救出来。端木用最快的速度走着，有些急切。长老会了解这一切，长老会帮助他。

拉姆走出气泡。气泡变成一团漆黑。拉姆的身体变得透明，最后消失在荒野上。空气中仿佛有某种扰动。

"帕丁人！"

端木听到了响亮的警告声。他停下脚步。

纷乱而杂沓的声响逐渐地响起来。人们在准备武器对付入侵者。

"我是端木！"端木高高举起双手，缓慢前进。

"他是端木？"

"他怎么会是端木！"

"这是帕丁魔鬼的诡计，不要让他靠近。"

"快点去通报长老。"

"杀死他！"

"杀死他！"

"杀死他！"

堡垒后边的人们在窃窃私语，每一个声响都进入了端木的耳朵。端木突然意识到他已经变成了帕丁人，一个敌人。恐慌无端地统治了端木，他大声叫喊起来，"我是端木，我是端木，我要见长老。"他高举双手，笔直地挺立着。

他看见了长老。长老站在高高的瞭望台上，正向着自己张望。

"大长老，我是端木，我是端木！"

长老没有回应。整个部落都沉默着。

"我见到了智者沙达克，我中了帕丁的诅咒，我需要一个人跟着我去见沙达克，他能帮助我解除诅咒。

"大长老，我是端木，我是端木！"

整个部落仍旧沉默着。端木的心一点点沉下去。

"我证明给你们看，我能呼唤沙狮。该死，这附近没有沙狮。马西里多、李李、妄布拉，你们难道听不出我的声音吗？我是端木！"端木突然想起什么，右手握拳，跷起大拇指，紧紧贴在心口，深深鞠躬。这是沙狮部落的致敬礼。

人群里响起一些议论，这让端木的希望燃烧起来，然而，瞭望台上传来的声音毫不留情地掐灭了这微弱的火苗。"你可能是端木，但是你已经被魔鬼玷污。你走吧！离开这里。再向前一步，就杀死你。"

"大长老，智者能够解除我的诅咒，只需要一个人和我同去。"

"快离开！不要把诅咒带到部落里来。"

"大长老，他是端木，这个行礼……我能辨认他的声音，让我和他一起去。"

端木听到了李李的声音，他喜出望外地叫喊起来，"李李，是的，我是端木！"

"李李，不要被表象迷惑。我们不能这么冒险。"

"但是，我……"

大长老的袖袍挥动，两个人从两边架住了李李。

端木看见了人群的骚动，他情不自禁地向前跨了一步。他听到了雷一般的响声。雷塔部的卫兵开了枪。端木感觉到腿上一阵疼痛，不由自主地跪下去。这神圣的武器居然被用在自己身上。

端木强忍着疼痛，想要站起来，然而这种努力几乎要了他的命，他重重地扑倒在地上。虚弱的身体受到重创，他几乎完全丧失了活动能力。

突然间人群起了更大的骚乱，李李几乎飞着从人群里弹出来，越过堡垒，向着端木而来。

"他被什么东西抓走了！"架着李李的人大声叫喊。某种强大的力量推开了他们，抓起李李，从人群中挤出去，把挡路的人撞得东倒西歪。

仓皇之间没有人知道该怎么办，甚至长老也迟疑着。

李李几乎在飞。他很快靠近了端木。

"杀死李李。"长老下令。

令人畏惧的雷声再次响了。李李似乎没有被击中，他很快赶到了端木身边，然后端木也凌空而起，两个人一起在空气中滑行，很快消失在黑暗中。

灾祸距离人类不远了！帕丁魔鬼很快就会来。大长老站在最高的瞭望台上，孤单的身影在火光底下显得很瘦弱。

为什么是我们这一代！悲怆无声无息地降落在大长老身上。他有足够的勇气去面对宿命，他的一生都在为将要到来的宿命准备着。然而，当宿命真正降临，他却希望可以逃避。

"茫茫星海，茫茫星海，何处是家园方向；漫漫人生，漫漫人生，那是谁在吟唱；生命转眼间到尽头，时空却流转不休，空阔的宇宙，魂灵在那儿漫游……"流传了千百年的调子缓慢而沉重，长老轻轻地哼着。

眼前的世界一片黑魆魆，甚至没有一颗星星。

气泡静悄悄地趴着，突然变得通体透亮，在黑魆魆的旷野里仿佛一盏明灯。

拉姆的身子从黑暗中显现出来。是这个帕丁人再次救了自己。

李李在瑟瑟发抖。端木试图安慰他。拉姆抱起端木和李李，走进气泡。

气泡暗淡下来，进入飞行状态。端木靠在墙边，不断和李李说话，"李李，我没有什么力气了，你听好，我们会见到智者沙达克，你要告诉他，我是端木，我是部落的人，我需要从这个帕丁人的躯壳里解脱出来。"

李李紧张而畏惧地看着端木。

"你记住我说的话了吗？"

李李没有回答。

"李李，快点告诉我，你明白要做什么吗？"

"告诉沙达克，你是端木，你中了帕丁人的诅咒。"

"很好，万一我坚持不住，你也要把我送到沙达克那里。你要答应我。"

李李望了拉姆一眼，"我相信你是端木，但是他呢？他是帕丁人。你竟然和魔鬼在一起。"

"他是帕丁人，但他不是魔鬼。他救了我两次，虽然就是他把我变成这样的。"

"是他把你变成了这个样子！他就是魔鬼。"

是的，无论是流传千年的传说还是血淋淋的现实，帕丁人都是不折不扣的魔鬼。让李李相信眼前的可怕绿色巨人是一个被诅咒的朋友或许还有可能，要让他立刻相信一个帕丁人不是魔鬼，没有一点可能。

思维正在变得迟钝而混乱，必须最后对李李说点什么。端木想了想，"李李，我坚持不到沙达克那里了。相信我，找到沙达克，告诉他我是端木，是部落的人。这个帕丁人不会伤害你，不要怕他。"

端木昏了过去。

帕丁近在眼前。

美丽而壮阔的城市！这是一个没有星辰的夜晚，大地陷落在黑暗里，而帕丁辉煌的灯火似乎要将整个天宇点亮。很少有机会能够看到夜幕下的帕丁城，因此拉姆总是珍惜每一次机会，停留良久，静静欣赏。然而这一次他没有停留，甚至没有任何犹豫，一闪而过，飞进一个停靠舱门。

蓝拉姆已经等候在那里。

"拉姆，欢迎回来。我等了你一会儿了。"

拉姆对着自己的同卵兄弟点头，然后和他擦肩而过，仿佛只是偶尔遇见。

"拉姆，难道对兄弟也没有什么话说吗？"

拉姆停下脚步，转头看着兄弟，"有什么事？我要去向首领报告。"

"你需要先向我报告，我是你的库罗巴圣体。你的所有一切，我都有份。"

"没那个必要。"

蓝拉姆突然微笑起来，"拉姆，我们来自同一个卵，我了解你，就像了解自己。你出类拔萃，我也是。现在我们有必要联合。"

"你在说什么？"

蓝拉姆看着拉姆，"我已经为你，为我们，做了很多。跟我来。"没有等拉姆的回答，他转身走开。拉姆犹豫了一下，跟了上去。

两个拉姆并排走着。拉姆停靠的是特殊舱门，一部电梯直接通往帕丁城的上层。

"你害怕我吗？"蓝拉姆突然问。

"这个问题很突兀。"

"这对你了解眼下的形势很重要。在我看来，你对我没有一点惧怕。"

拉姆沉默着，等待这个兄弟说下去。

"每一个沙罗迪都惧怕自己的圣体，他们甚至还怕某些其他的库罗巴，兄弟，你是个例外。也许你仍旧害怕，但是你能够控制这种情绪。我说得对吗？"

门打开，眼前豁然一亮，广阔的库罗巴世界再次展现在拉姆面前。无数的库罗巴走来走去，忙碌着，他们维持着这座城市，他们控制着这座城市。而沙罗迪，注定就是仆人。

"然后呢，你想说什么不妨说，我会听的。"

蓝拉姆继续走，拉姆跟着。经过一个巨大的屏幕，蓝拉姆停下脚步，"还有多少时间？"

"六个小时零九分。"

"好的。行动开始通知我。"

拉姆瞥了一眼屏幕，认出这是机库某个角落的俯视图，电子狗在对所有的飞行器进行全面检查，它正好完成一架，走向第二架。拉姆突然发现一个熟悉的身影，蒂姆正站在第一架飞行器边上。

"我可以和他说话吗？"

"他站在那里已经有两个小时了。你会见到他的，但不是现在。"

拉姆经过下一个屏幕，这是机库的另一部分。拉姆抬头望去，整整一排的监控屏幕一眼望不到尽头。

"所有的飞行器都进入戒备？"

"是的。"

"要做什么？"

"这就是我想要你明白的事。"

端木从沉睡中醒来。

清凉的感觉从嘴里沁入脾肺，舒畅极了。

他看见了李李。李李正关切地看着他。他仍旧被囚禁在帕丁人的躯壳里。沙达克没有达成他的愿望。

焦虑让端木生出一股力气，他猛地坐起来。

沙达克就站在那儿。

"无所不知的沙达克，请你拯救我。"端木虔诚地匍匐在地上。李李跟着匍匐下去。

沙达克并没有直接回答端木。他望着远方，好像什么都没有看见，没有听见。荒原上的风呼呼作响，沙达克保持着沉默。过了两分钟，他低下头对着李李说，"我知道你的愿望，但这是永久结合，需要专业设备来解除。我没有那样的能力，我只能告诉你怎么做。你必须带着他去帕丁，他们也许还有整套的设备来解除防护，但是成功的希望非常渺茫。"

"请告诉我该怎么做。只要有一点希望，我也不能放弃。"端木大声说。

沙达克没有理睬端木，他看着李李，"我接收到一些信号，非常微弱，但是非常重要。你想看吗？"

李李匍匐着，甚至不敢喘气。端木碰了碰李李的胳膊。李李鼓起勇气，说："沙达克，请给我指导。"

沙达克消失在倏忽之间，甚至没有留下一丝气味。端木看到了某些不可思议的东西，似乎是某种幻觉，他看到了魔鬼的城堡帕丁，亮银色的堡垒就像从水晶球里浮现出来的，整个儿伫立在眼前，然后把他包容进去。他仿佛置身城堡之中，看着无数的帕丁人来来往往。

数不清的飞行器整齐地排列着，蔚为壮观，端木感到一阵眩晕，帕丁城的庞然超出想象，那样的规模，也许是雷塔部的十倍，不，百倍。气泡飞行器仿佛繁星点点，每一个气泡都是令人生畏的武器。端木突然明白过来，帕丁的确是魔鬼，如果不是为了毁灭人类，他们也就失去了存在的理由。

气泡飞行器逐个出现在视野里，戒备状态，随时出发。端木听到了沙达克的声音，"系统已经下达命令，六个小时内，他们就会出发，目标是搜索每一寸土地。"

"他们要干什么？"

"给他们的任务仅此而已，然而，根据这些帕丁的表现，一旦他们发现了人类聚居点，他们不会有丝毫犹豫。他们都疯了。"

"不，不能这样，沙达克，你一定要帮助我们。"

"不要在我面前咆哮。以下犯上会受到严惩。"

"李李，快点告诉沙达克，我们需要他的帮助，我们需要他指点，怎样才能逃脱这场灾难。"

李李抑制着内心的战栗不安，说："请指点我们，沙达克。"

"无论如何精密，任何系统都会出错。如果没有维护，日积月累，错误会被放大到不可忍受，最后毁掉系统自身。帕丁就是这样一个系统。如果最初有那么一个人，他创建了帕丁然后长眠，在今天醒过来，他会发现一切距离他的设想是多么遥远。我不愿意谈论历史，太悠久的过去不过是故事。我也不愿意谈论将来，无论怎样殚精竭虑的设计，到最后也不过是白费力气。甚至，我也不关心千百年后我们的子孙，我不能感受到他们的痛苦和欢乐，我死了，湮灭了，成为一粒尘埃，那个时候他们的欢笑和泪水，不属于我，况且我都不知道那个时候他们是否还有欢笑和泪水。我只关心现在，此刻。我们还要在这个星球上继续生存下去，在有限的生命里，我会尽最大的努力生存下去。"

蓝拉姆背对着拉姆，好像在喃喃自语，又像是在面对着无数的听众发表讲演，然后他转过身，直直地盯着拉姆，"兄弟，我们是一体的。你必须和我一起奋斗。"

拉姆看着眼前的同卵兄弟，再次有些心惊肉跳。蓝拉姆很平静，淡淡的调子却让拉姆感受到威胁。他满不在乎地把一切告诉拉姆，胸有成竹。拉姆明白自己只有两条路可以走：加入他，或者杀死他。事实上还有第三条路，就是被蓝拉姆杀死，可能性很高，但是拉姆不愿意多想。

"你有办法阻止他们出发吗？"

"库罗巴无法违抗首领的意志，我已经告诉你，这个任务直接来自首领。"

"全球搜索，不指定任何目标，他们一定会毁掉矮人，然后呢？"

"这不是我需要回答的问题。我的唯一目标，是为自己找到自由之路。也是你的，兄弟。"

"不，不能这样。没有任何威胁，首领为什么突然要进行一次全球搜索？"

"这是很奇怪的事，帕丁千百年来一直允许矮人存在，然而首领突然决定发动一场进攻。现在看来，之前准许沙罗迪出城，可能那时候他还没有最后下定决心吧。然而，为什么要在乎矮人呢？你不过是有一份多余的怜悯心。收起它吧，矮人不需要这个，它也会妨害我们。"

"我绝不答应。"

拉姆听到一阵呵呵的冷笑声，他看到兄弟的眼睛里流露出狡黠的光芒，"一个人对抗一座城？这是多么美丽的神话，可惜，你不是神。"

拉姆沉默了。是的，在某种程度上，这个同卵兄弟和自己心意相同。他正在谋划着什么，惊天动地，然而决然不是这次进攻。他不在意一切，只在乎自己，但他还必须得到某些帮助。

拉姆冷静下来。

"好吧，说出你的计划，我可以考虑是否接受。"

"你会接受的。我已经充分考虑过，这是你唯一的选择。"

端木右手握拳，跷起大拇指，放在心口，深深地向李李鞠躬。李李回完礼，转身向不远处微微隆起的小丘走去，那儿的沙狮巢穴里，孩子们正在等他。李李的身影在荒野里消失。是的，他会回到孩子们中间，照看他们。李李并不是很好的战士，却是一位很好的老师，孩子们需要他。端木回到气泡上。他飞了起来。

端木小心翼翼地驾驶着气泡。他用了十二分的努力，还是没有办法让气泡平稳飞行。

"这是我见过最蹩脚的驾驶技术。"沙达克的声音在狭小的空间里回荡。

"对不起。"

"我决定对你的技术进行一些改进，打开你的防护右臂，接入红灯闪烁接口。"

"怎么做？"

"防护右臂，三星标记，同时摁下，控制屏会打开。选择系统接入，就是第三个选项。"

端木依照指示做，右腕部隆起一个小突起，红色的、纤细的刺缓慢地探出头，就像正在成长的幼芽。

"靠近任务接收窗口，那个红灯闪烁的位置，在你右边。"

端木把手放在红灯边。红色尖刺突然蹿出，仿佛一条扑击的眼镜蛇，它深深地钻进红灯下边细小的空隙，端木感觉到一阵刺痛，右手不由自主地抽搐。

很快，红色尖刺飞快地缩回来，消失在盔甲里。

端木定定地看着眼前的操控台。他的神情变得恬淡，就像一个经历过无数次战斗的老兵，在炮火纷飞的战场上再也不会慌乱。双手在操控台上飞快地移动，气泡经历了几个调整，很快稳定下来。

"很好。"

端木把手从操控台上拿下来，这个曾经陌生的台面，此刻完全在他的掌控之中。他似乎能够掌控一切，又似乎仍旧什么也不懂。有那么一刻，端木甚至怀疑智者在自己的双手上施加了什么魔法，这双手不再属于自己，而是两个独立的精灵。然而，的的确确是自己在控制一切，一切从脑子里冒出来，仿佛一种本能。

端木怀着几分惶恐，他试图寻找沙达克，跪下来向他问个究竟，然而左右张望之后才猛然想起沙达克并不在这里，至少他的躯体不在。

"为什么，伟大的智者，为什么？"

沙达克没有理睬他。

杀掉首领！

虽然拉姆有一些思想准备，但听到这个想法还是吓了一跳。千百年来，首领统治着帕丁，自上而下，安然有序。这样的秩序天经地义，从来没有被任何人怀疑过。拉姆并不喜欢那躲藏在黑暗之中的首领，他，或者他们，高高在上，指挥一切，而库罗巴或者沙罗迪对于首领的一切却无从了解。日常指令会在系统里按时、准确地出现，召唤很少发生，即便有人得到召唤进入那神秘的领地，所见到的也不过是几个飘浮的影子。从来没有人看见过首领真正的面目，然而，所有人都无条件承认首领是统治者，支配着帕丁的一切，甚至包括他们的生命。

拉姆瞪视着同卵兄弟，不知道他怎么能想出这样异想天开的主意。然而，当他仔细考虑了兄弟的建议，却发现这并不是一个坏主意。杀掉首领，帕丁城就可以从绝对命令中解脱出来。不会再有绝对的权威。这是件好事！虽然不明白好处所在，但拉姆凭直觉知道这是件好事。

"我可以和你合作。你打算怎么做？"

蓝拉姆笑起来，"既然你还有机会进入首领之地，我们当然不能放过。我能有办法让你带着武器进去。你只要下定决心。"

"必须在攻击发生之前完成，我不想看到一个矮人受到伤害。"

蓝拉姆沉静地看着拉姆，专注的眼神让拉姆有些发毛。仿佛过了很久，拉姆再次听到同卵兄弟那喃喃自语一般的调子，"这就是我们的代价。你作为沙罗迪不应该对矮人有任何好感，然而你却希望帮助他们，我作为库罗巴对首领应该无限忠诚，然而从第一眼我就本能地厌恶他。我不希望受到任何人的控制。命运改变了我们。我们无法改变已经注定的东西，只有尽可能得到最好的结局。没有人愿意永远生活在压抑之中，我们需要一次解放。决不能放过这次机会。"

蓝拉姆停顿一下，转过眼睛望着别处，"我可以答应你，除掉首领之后，我会让系统终止任务。"

"在造成矮人的伤亡之前停止。"

"是的，在此之前，他们会停下来。现在我们必须抓紧时间。"

端木熟练地操纵气泡贴着山崖飞行。气泡灵巧地规避凹凸起伏的山崖，许多次似乎要撞上障碍却都在最后一刻避开。它以撕裂空气的速度前进。端木放松整个身心，全部地融入飞行，他感到前所未有的酣畅自由。"耶！"一个惊险动作之后，端木情不自禁地大叫起来。

"你是个不错的飞行员。"沙达克在说话，这让端木分神，他让气泡进入自动巡航，诚惶诚恐地等待沙达克讲话。

"普通帕丁飞行员能够掌握一半的飞行技巧，有天赋的飞行员可以达到八成，你能够掌握百分之百的技巧，还做出了三个偏离数据库的动作。你的大脑额叶 D 点西克门区很发达，记忆刺激很容易留下印痕而不产生任何副作用。天生的飞行员。"

端木努力理解沙达克的意思，然而并不能十分明白。

似乎沙达克在赞许他，他不敢揣测，只有小心翼翼地听着，毕恭毕敬地等待沙达克下面的话。

"你们驯服了沙狮。这很了不起。这个星球的生物很原始，然而很独特。它们没有眼睛，用大脑的一部分来感知电磁场，它们所看到的世界和你们完全不同。然而你们找到了驯服它们的办法。也许是巧合，你们依靠 D 点脑波来影响沙狮的行为。发达的 D 点，祖先不惜异化改造来实现的梦想，你们竟然自己做到了。飞行对于你是一种乐趣和享受，而不仅仅是机械操作。飞行，应该是一门艺术。你的飞行可以被定义为艺术。

"我接受委托把你带到帕丁城，情况发生了变化。委托终止。"

沙达克沉默了一会儿，接着说："我承认你是一个人，我将尽力帮助你达成愿望。"

端木听懂了沙达克最后一句话，他高兴得颤抖，"沙达克，无所不知的沙达克，你能帮助我，把我从帕丁的躯壳里拯救出来吗？"

"我做不到。除掉永久结合的防护需要重植皮肤，而且，你的技能来自防护，它内置五万六千六百七十个记忆单元，和你自身的神经网络结合在一起，帮助你记忆很多机械性内容。除掉它，你会失去很多东西。"

"我不在乎任何东西，我只想恢复自由。"

"你必须去帕丁城，他们那儿有唯一的设备。不过我不确定那套设备是否运作正常。现在我们已经到了。"

操控台上响起嘟嘟的提示声，端木的注意力回到操控台上。帕丁城发出了降落信号。

魔鬼的城市！端木目不转睛地盯着这流传已久的罪恶之渊。亮银的城堡仿佛半截长矛，直刺天空，带着许多的挑衅和威压。那是压倒性的罪恶力量，然而在端木的眼中更像某种疯狂。

我要带着胜利离开这里！然而，我行吗？

拉姆再次站在两扇门之间。

"走吧，我们最后的命运就在你身上。"蓝拉姆站在他身后，小心地告诫。

拉姆回过头，"我突然想起一个问题。"

蓝拉姆微微有些惊讶，"什么？"

"我想知道为什么我们会与众不同。我并不像一个纯粹的沙罗迪，而你也不是一个合格的库罗巴。为什么？"

蓝拉姆沉静地望着拉姆，沉默着，似乎在思考，半响，他说："我不知道。或许是命运。"似乎这样的回答过于单薄，没有说服力，他接着补充，"思考这个问题于事无补，我们已经如此了，要做的就是让这个世界更符合我们的需要。

"你想拯救矮人，我希望获得自由，为了达成愿望，需要你走进这扇门，做你必须做的。我已经把你带到这里，接下来只有看你的了。"

拉姆回过头，眼前的两扇门看起来一模一样，就像他和身后的这个兄弟。

"走吧。"兄弟在催他。

拉姆再次转头，"如果是你，你会走哪扇门？"

"两扇门是一样的，任意一扇。"

"你选择了哪扇？"

蓝拉姆思考了一下，"左边的，两次。"

拉姆静静地看着眼前的两扇门，是的，上一回他从右边的门走进去，他想是自己选择了那扇门。然而，有时候，所谓的选择并不像表面上看起来的那样由自由意志决定，就像所有的沙罗迪对矮人有着天然的杀戮欲望而自己却渴望能保护他们。

拉姆向左边的门走过去，好几次，他都想顺其自然转个方向，走进右边，然而他强迫自己继续走下去。越接近大门，拉姆越发觉得自己要失去控制。右边，右边！某种东西在内心深处呐喊，压迫着他，让他改变方向，这呐喊的力量如此强大，以至于拉姆几乎迷失其中。最后他停顿下来，犹豫着。

蓝拉姆站在拉姆身后，他定定地看着拉姆的离奇举动。在那么一瞬间，他明白了长久以来内心隐隐担忧的是什么，为什么他很早就下定了决心却一直不敢动手而要找一个沙罗迪来帮忙。一切都是注定的，自己不过是一个棋子，他永远不会知道右边的门里边会有什么，而两扇门背后，决然不会是同样的东西。他冲上去，狠狠地推了拉姆一把，"快走吧！"

拉姆的头狠狠地撞在门上，门开了。拉姆跌了进去。

他以一个战士的动作敏锐地站立起来。

端木进入了帕丁城。有史以来第一次有外来的人进入帕丁城。

庞然的城市让端木感到眩晕，绝望几乎毁掉他的勇气。无可抗拒的力量，仿佛地狱一般可怕。尽管端木已经在沙达克的水晶球里看到了帕丁的强大力量，现实的场景还是让他浑身冰冷。气泡在通道中缓缓前进，端木的心情也逐渐接近冰点。气泡最后停靠下来，端木取得胜利的信念也到此为止。

端木跪下来，沙达克是他唯一的希望。

"我该怎么办？"压抑不住的悲痛化作眼泪，在端木的眼眶里打转，"沙达克，伟大的智者，你把我带到这里，就是为了让我看到帕丁的可怕力量，粉碎我的希望吗？因神之名，我恳求你，为我指引方向。"

"帕丁不会危害人类。你不用为此害怕。"

"他们正在准备一场屠杀。"

"是的，但我们还有时间。我会重新取得指挥官权力，终止系统。没有一个人类会因此受到伤害。"

希望在端木心中燃烧起来，他跳起来，"沙达克，伟大的智者，你是部族永远的守护神。"

"重新打开接入，我需要转移到你身上。五万六千六百七十个记忆单元不够，我需要借助你的神经网络。在此期间，你仍旧清醒，但是某些动作并不由你控制。你只要明白，那是我在行动。你的防护记忆暂时存放在气泡控制器里，之后我会帮助你恢复。"

"我要怎么开始？"

"重复前一次的动作，和飞行器对接。"

端木迫不及待地打开防护右臂，红色尖刺再次探出来，飞快地和气泡的操控台连接在一起。灼痛感顺着手臂蔓延，很快遍布全身，端木仿佛被放在火中炙烤，他忍不住大叫起来。脑袋一阵眩晕，眼前发黑。

沙达克，一定要帮帮我们！在昏厥之前，端木做了最后一次祈祷。

端木从黑暗中归来。他很快发现自己正在走动。他在自己的躯体里清醒着，能够看，能够嗅到些微的臭味，能够感觉到空气丝丝的扰动，然而，他不能动。不，他的躯体在动，却完全不由自主，仿佛他只是一个看客，以灵魂的形式附在了躯体上。

"我暂时封闭了你的大脑输出，这是暂时现象。"

沙达克活在他的脑子里。

"怎么办？"

"等我到达目的地，你就会恢复正常。"

"哪里？"

"楼上，中央控制室，强行中断连接之后，我很久没有回到那里了，这种回来的方式也很奇特。"

"到了那里，你就能阻止帕丁的攻击吗？"

"是的。不过，我检查了你的防护层记忆，前一个帕丁的记忆在剥离的时候大部分遗失了，但是最基础的东西还在。有些东西和我所想的不一样。事情可能会有些出入。"

"那是什么？"

"帕丁的一些变化并不是系统错误。系统在忠实地执行指令。可能帕丁系统并没有偏离我太远，只是我还没有完全了解情况。"

"那么会怎么样？"

"我会全力帮助你，你是一个人类。这是我的天职。但是结局并不受我控制。也许会有你不愿意看到的事发生。"

端木没有再提问。沙达克也无法预见的事，会是什么呢？不受控制的结局……端木不愿意多想。他静静地等着，等待着，附在自己的躯体上，随着沙达克的脚步在庞大的城市里走动。

拉姆站起来，空荡荡的大厅里什么都没有。拉姆尽量去感觉整个空间。

"库罗巴，我并没有召唤你。"一个声音在大厅里回荡着。

拉姆紧张地四处寻找缺口，很快，他发现了空间的异样，在某个角落里，有着特殊的电磁场。

"是的，但是我来了。有几个问题要和你谈谈。"拉姆一边小心翼翼地靠近，一边说话。

"问题？库罗巴也会有问题？你叫什么名字？"

"拉姆。"

"拉姆？你是沙罗迪？你终于能来到这里了。很好，很好。希望你不要让我失望。"

声音突然沉寂下去，空间缺口也突然关闭。拉姆仿佛置身于一无所有的空间。他把手放在大腿侧部，随时准备抽出战刀。拉姆的视线落在发出声音的那个角落，然后是紧靠的那面墙，他发现了墙面上隐约的小光点，一个、两个、三个，神圣三星标志。他小心地靠过去。是的，这是一扇门。端木的手指轻轻地触在墙上，浅浅的凹痕。拉姆准备打开门，然而在他行动之前，眼前突然一阵眩光，拉姆什么都看不见，但他能感觉到电磁场的剧烈变化。他向后跳了一步，蹲下身子，抽出战刀挡在身前。

强烈的光很快散去，墙消失了。这是一个崭新的空间，只有库罗巴上层的二分之一，然而这里只有一台机器。

精密而庞然的仪器从半空垂直而下，让人窒息的天文数据流滚滚而来。拉姆仰望着这庞然巨物，感觉自己就像一粒微尘。这就是帕丁城的核心，帕丁千百年来一直傲然挺立的秘密。他静静地站着，注视着这关系整个帕丁生死的庞然巨物，有一种凛然的感觉。是的，就是这里，所有的数据从帕丁城的每一个角落汇聚而来，各种指令从这里发出，给库罗巴，给沙罗迪，它也控制着帕丁城自身的运转，白天的时候让城市保持阴凉，黑夜里提供温暖和光明。庞然巨物让拉姆觉得窒息，有那么一刹那，他陷落在茫然中。他很快从这种出神的状态中恢复过来。这是首领之地的秘密，借助这能力无限的庞然巨物，首领能够控制整个帕丁，然而，门为什么会自动打开，首领又在哪里？

拉姆在偌大的空间里缓缓移动，他绕过中央，那里是一片电磁屏障，他看见了让他惊诧的东西。

一个矮人！一个骷髅般的矮人，正端坐在控制台中央的座椅上，数不清的细管连接着他和那庞然巨物般的中央计算机。

一个矮人！

拉姆几乎不敢相信自己的眼睛。高高在上，盘踞着首领之地的人，居然是这样的一个矮人？他小心翼翼地走上去。突然，他撞在什么东西上。那是一个以太场，电磁波可以自由穿越，任何粒子都会被阻挡。

"嗨！如果你是首领，沙罗迪正在外边巡逻，外边的矮人正面临死亡，快点停下来。"

没有任何回应，拉姆只听见自己的回声一遍一遍地响着，慢慢平息下来。然后，他发现了一点动静。

骷髅般的矮人缓缓睁开了眼睛。

沙达克又找到一个新的接入点，这一次是在机库。已经试过三个接入点，绝对的断链，和当年一模一样。

傀儡的日子并不好过，端木盼着这难熬的时光赶紧过去，然而他知道沙达克正在努力。他努力地忍受着。同时，他也努力地理解沙达克所做的一切，他知道，这对将来非常有用。

沙达克的异常举动引起了注意，一个帕丁人走过来。

"你在干什么？"

沙达克回过头，这是一个普通帕丁。端木所占据的防护也来自一个普通帕丁，然而让一个帕丁升级正是沙达克的分内事。

沙达克亮出右肩，肩头上三颗星星闪闪发亮，"你不懂得尊重长官吗？"

帕丁人看着他，有些疑惑，"你这是什么意思？"

事情发生了变化，这些帕丁人并不能识别身份标志，或者，他们已经改变了身份识别。

"哦，没什么，我只是随便看看。"

"不要在这里徘徊，我们很快要出发。"

帕丁人说完走了。

"沙达克，这次成功了吗？"

"没有，同样是断链，看来他蓄谋已久，不仅仅中断了两艘飞船之间的联系，甚至连飞船内部的连接通道也中断了，直到现在也没有恢复，不可恢复的断链。"

"那怎么办？"

"他不可能中断所有的连接通道。如果他真的这么做了，我们必须到中央控制室和他面对面谈一谈。不过，中断所有连接通道违背基本原则，他不可能这么做。我们可以再试一试另外两个点。"

"拉姆，你过来。"拉姆听到了声音，骷髅般的矮人并没有张开他的嘴唇，拉姆看着矮人，他正睁着木然的眼睛看着自己。

拉姆并没有遗忘身前的以太场，他伸手试探，毫无阻碍，的确，他在邀请自己过去。

"你是谁？"拉姆一边向前走，一边发问。

突然间眼前出现了景象，那是拉姆和蒂姆在荒原上追逐的场面，紧接着拉姆看见了端木在炎炎烈日下的奔跑。

拉姆感到一阵心悸。他压抑着些微的惶恐，一步步向着矮人靠近。

沙狮呼啸而来，拉克利姆死于非命，拉姆从沙狮的爪子下拯救了蒂姆。

这些三维立体影像非常逼真，让人身临其境。拉姆已经不能相信自己的眼睛，只有依靠空间感继续向着矮人走去。

拉姆一片片剥下拉克利姆的防护，把它覆盖在端木身上，防护层开始生长，端木从死亡线上回来，蒂姆驾驶气泡离开，拉姆把端木抱上了气泡。

拉姆停下脚步，他有种挫败感。这个矮人对所发生的一切了如指掌，这就是首领吗？"你究竟是谁？"拉姆歇斯底里地大声喊起来。

场景飞快地一个个掠过，突然镜头慢下来，那是拉姆放下端木之后在中心废墟上空巡逻。黑漆漆的地面突然有了隐约的光亮。气泡开始降落。镜头突然变得模糊起来，慢慢地成了一片白茫，最后消失。

端木抬起头，矮人依旧高高地坐着，睁着木然的眼睛看着自己，"那里发生了什么？"

"什么？"

"降落之后你看到了什么？"

是的，那个谜一般的矮人影像，那个自称指挥官的人。

突然间，拉姆的眼前出现了无数的飞行器，一行行排列整齐，悬停在帕丁城外。

"他们马上就要出发，你还有三十分钟的时间来和我达成一致。"

"你究竟要干什么？你是一个矮人，荒野上的那些人，
是你的种族。你要用他们的死亡来要挟我吗？"

"拉姆，不要试图对抗我。你毫无办法。我了解你胜
过你了解自己。"

沙达克打开了最后一扇门。端木看到一些让人眼前一
亮的东西。

灵巧的飞行器。二十余架灵巧的飞行器整齐地停靠着。

"沙达克，这一定是我们的飞行器！"

"是的，这是人类的飞行器，你想试试吗？"

"可以吗？"

"不可以，这些是特殊攻击机，它们很危险。"沙达克
一边走一边回答端木，他打开接入口。

"危险？它比气泡飞行器小许多。"

"体积并不说明什么。这些飞行器每一架都是超级炸
弹。如果爆炸，整个帕丁也就毁了。就算它中断了内部的
所有连接，也绝对不能中断这一条，否则太危险了。这些
飞行器保养得很好，看来我们找对了地方。"

沙达克开始对接，尽管端木的心思仍旧停留在那些飞
行器上，他的眼睛却只能看着接入口。

"我触到它了。"

"你能阻止它！"

"当然，我可以着手接管。这不是困难的事。"

沙达克说完之后端木突然感觉到一阵轻松，他似乎恢复了对身体的控制。防护仍旧连在接入口上。

"沙达克！"

"不要叫。我已经从你的身体脱离出来，有一些异样。现在给我一个指令，一件你认为必须要我去做的事，要详细具体。"

"什么？"

"快点！还有三秒钟，我必须拿到指令。"

端木来不及多想，他脱口而出，"保护雷塔部的所有人不受伤害。"

"好的，谢谢！我要中断连接了，无论结果如何，我会按照你的指令去做。情况紧急，我需要给你灌输一些东西。记住，特殊攻击机之所以设计为人类驾驶，是因为只有人类才会根据价值观念而不是命令做出判断。另外，排除一切困难，到中央控制室去。你只有三十分钟的时间。"

灼痛的感觉再次袭击了端木，这一次他没有昏厥。沙达克清洗了他全身的记忆单元，并填充了一些新的东西进去。最后随着一声"嘀嗒"的响声，连接自动断开缩回。

端木伸展手脚。这个空间，此刻显得那么熟悉和亲切。

中央控制室的方位在端木的大脑里自动浮现，必须到那里去。必须到那里去！端木猛然转身跑起来。

拉姆仍旧以沉默和矮人对峙着。

突然，从半空垂直而下的庞然巨物发生了变化。两个硕大的圆盘从中央部位突起，缓缓地分离出来。拉姆能够感觉到，那边的电磁场正在发生紊乱。矮人木然的视线也转向这半空中的突然变化。

"我明白了，拉姆。你不再需要告诉我。

"很好，很好！"

拉姆疑惑地看着矮人，不知所措。他盘算着是否应该冲上去结果了这个老人的生命，他反复地算计，终究无法下定决心，他甚至不知道，自己能否亲手杀死一个矮人。

中央计算机的变化显然影响到了帕丁城，拉姆感觉到脚下的地板有微微的颤动，这是从来没有过的感觉，仿佛整个帕丁都在战栗着。

"沙达克，你终于回来了。"

"是的，船长。居然是你。"

"是的，是我。你回来了，很好很好！我一直以为你已经不会再回来了。我把这里的一切交还给你。"

"但似乎我需要艰苦的努力才能够取得控制权。"

"当然，它和你一样强大，只是，它的头脑是我。"

"那么你下达指令，让我来接管。"

"可以，但不是现在。"

"船长，你要做什么？杀死所有的人吗？我的天职不允许我这么做，也不允许我同意你这么做。"

"第二次了！"

空荡荡的空间里，两个声音在回响。他们时而用帕丁语，时而用矮人的语言。两个声音时而清晰可辨，时而混响成一片。拉姆在空地中央站着，不知道自己该做些什么。他发现自己真的是个无足轻重的人，两个吵架的人显然并不在意他是否在那儿。

不！他们是在意的！否则，根本不需要声音。他们用语言拉长了争论的节奏，显然，其中有某种原因。也许他们正是要说给自己听。拉姆努力平静下来，仔细听着两个人的争辩。那是历史，那是未来！

端木在使劲地奔跑着。三十分钟！这一次不是荒野上的仓促逃命，然而却比逃命更让人惊心动魄。一路上，无数帕丁人用惊疑的目光看着这个小个子从眼前一晃而过。从来没有一个帕丁人显得这样匆匆忙忙。然后，有人开始追端木。一个、两个、三个……越来越多的人加入了追赶的行列。端木跑了七层，背后已经跟着十来个人。

眼前就是通向上层的电梯。端木停下来，追赶他的人转眼到了眼前。

"你们要干什么？"

"你为什么要跑？"

"不关你们的事。"

"我只想知道你为什么要跑。"

电梯到了，端木蹿进去，帕丁人挤在门口，"那是通往上层的，你有召唤吗？"

端木关上门，一个人突然从人群中挤出来，在电梯口关闭的刹那冲了进来。端木下意识地后退一步，贴着墙，"你要干什么？"

"看着你！小子！"他转过头，"我认识你。你是个矮人，你不是帕丁人。"

这个帕丁人！端木想起来，这就是那个在荒原上追杀自己的帕丁人！

"你是蒂姆！"

"是的，我答应拉姆不再伤害任何一个矮人，但是我要看着你！"

"这是通往上层的，你越界了。"

"没有关系，我不在乎，为了拉姆。我不能让你伤害拉姆。"

"我不会伤害他，他救了我。"

"是的，没有他，你早就死了。你就不应该活着。矮人就不应该活着。"

端木恢复镇静，他没有兴趣和这个帕丁人争论，眼下，他至少不会伤害自己。端木目不转睛地盯着电梯门上跳动的数字。终于，它在预定的数字上停留下来。蒂姆突然转过头，惊异地看着端木，"你怎么会说帕丁语？拉姆教你的吗？"

门开了，端木没有理会蒂姆，一个箭步跨出去，开始跑起来。

繁忙的库罗巴们惊讶地看着两个沙罗迪在眼前旁若无人地奔跑。这是从来没有过的事。他们奔着首领之地而去。库罗巴们面面相觑，从来没有见过这样的情况，几分钟之后，他们开始讨论起来，最后决定把这个情况输入系统，等待指示。然而，他们不再能得到指示，辉煌的灯火突然间暗淡下来，闪亮的屏幕一个接一个熄灭。脚下在颤动，整个帕丁城似乎都在战栗。

端木使劲地奔跑。还有十分钟，他能够赶到。

　　他看见了前边的中央控制室。是的，就是这个地方，沙达克让他赶来的地方。然而一个人挡住了他的去路。

　　"拉姆！"他几乎惊叫起来。

　　"不，他不是。"紧跟而来的蒂姆恭恭敬敬地向眼前的人行礼，这是上层的人，让他油然而生不可抑制的敬畏感。

　　"沙罗迪，你们得到召唤了吗？怎么能够擅自到这里来？"

　　蒂姆紧张地看着地板，"我只是不放心这个人上来，我要监督他。"

　　端木仔细地看了看眼前的人，是的，他和拉姆长得几乎一模一样，只是瞳仁是蓝色的。这就是拉姆的库罗巴圣体？同卵兄弟？帕丁真是一个奇怪的种族。

　　"让我进去。"端木想绕过蓝拉姆。

　　蓝拉姆一把抓住了他，把他从地面抬起，"你是谁？这么矮小，还是一个孩子？"

　　端木的双脚在空中使劲蹬着，"让我进去，我一定要进去。"

　　"不要胡闹。难道你不懂得尊重库罗巴？"端木被狠狠地甩在地板上，他挣扎着爬起来。

　　地面又是一阵颤动。

端木使劲往前蹿，想从蓝拉姆的身边溜过去，蓝拉姆又一次抓住了他。

"沙罗迪，我不管你的圣体是谁，不要再次冒犯。"

端木瞪着蓝拉姆，"我要进去。马上就要到时间了。"

"什么时间？"

"毁灭！帕丁城会毁灭！"端木想吓唬蓝拉姆。

"你在胡言乱语些什么！"蓝拉姆似乎有些动怒，然而他却很好奇，这个沙罗迪居然敢和库罗巴当面争执，如同拉姆一样，这个人显然也不是合格产品，"谁是你的圣体？"

"让我过去！"端木几乎在咆哮，他再一次冲过去，这一次，他挥舞着短刀。

"拦住他！"蓝拉姆对蒂姆下令，蒂姆很轻松地抓住了端木。

"蒂姆，你忘了拉姆吗？他保护我，你也要保护我！"

蒂姆微微一迟疑，松开手，端木趁机向前冲，使劲把刀子捅进蓝拉姆的身上，蓝拉姆痛苦地蜷曲起来，端木一冲而过。他冲进了右边的门。

他来晚了，一切都已经结束。他来得并不算晚，一切刚结束，一切也正开始。

拉姆直直地站着。两个声音早已经停止争辩。某些事情正在发生，他却无从知晓。突然事情有了变化，某种复杂的结构正迅速形成。拉姆回想起在中心废墟的时刻，那个非实体的矮人怎样从荒野里显现出来，于是他知道自己正面对着什么。他向后退了几步，靠墙站着，确保一个有利的位置。

沙达克出现在屋子里，隐隐约约，并不如荒野里那般真实。他似乎很虚弱。

"噢，沙达克，你居然掌握了这样的本领。"

"世界变化得很快。"

船长木然的眼睛突然有了一点活力，他的视线在拉姆和沙达克身上不断交替。

"是的，唯一没有变化的，就是我和这艘船了。"

"荒野里的人正面临危险，这些帕丁失去了理智，他们会杀死所有的人。我需要终止系统。"

"你要杀死我吗，沙达克？"

"不，船长，我要挽救所有人的生命。"

"那就做你要做的事吧。"

"请交出控制权。"

"我不会给你。"

沙达克沉默着。拉姆并不明白他们在谈论什么，然而他隐约地觉得这些和自己有着某些密不可分的关系，似乎在模糊的记忆中，他想起了沙达克的存在，那种模糊的记忆，就仿佛一种虚幻。他觉得莫名的紧张，绷紧了神经，仔细地听着，生怕漏掉一个字。

"船长，你采用紧急中断，强行中断了帕丁的人格，用你自己来取代，是这样吗？"

"是的。沙达克，你应该早就得出了答案。你是个聪明的虚拟人。"

"你谋杀了同伴！"

"他们背叛了我，背叛了整个理想。大三星区已经近在咫尺，他们却想退缩。"

"前边是空间断裂区，我们必须绕道。你怎么能想出这么卑鄙的手段。"

"沙达克，你听起来充满了愤怒和怨恨，那么，你要杀死我吗？"

"我不会伤害任何一个人。"

"他们不服从我的命令，他们胁迫我让出船长的职位，他们将我单独囚禁，这些你都是知道的，沙达克。他们认为我已经失去了理智，不能胜任船长，不能继续领导他们，没有关系，然而我无法容忍他们放弃理想。这些人想回到那猪栏一样的生活中去，我绝对不允许这样的事情发生。"

"你利用死亡来威胁帕丁，然后取代了他的人格，是吗？"

"是的，一点不错。沙达克，帕丁和你一样，都是虚拟人，你们没有办法突破底线。我当然知道这一点。"

"你突破了底线！利用善良来制造罪恶。你已经成了魔鬼，船长！"

船长那干枯的脸皮上竟然有了一丝微笑，"我不需要你的理解，沙达克。如果你能够，就来杀死我吧……"

话语顷刻间被景象所代替，空间倏忽间回到了荒野。远远地望去，大大小小的气泡正在四散开来。系统已经启动。很快，屠杀开始了。一个气泡像割草一般洗劫了一个小村。一个矮人在身边倒下，他的手痉挛着，在拉姆眼前划过，整个身子也向着拉姆倒下。这虚拟的图像无声无息，他倒下来，几道光在拉姆的眼前晃过，然后地面上出现了倒毙的矮人，他的眼睛圆睁着，仿佛正看着拉姆。

"不，不行！"拉姆痛苦地大叫。他甩手丢出了战刀。

端木冲进中央控制室。眼前的一切让他吃惊。

这是熟悉的雷塔部。然而，雷塔顶层打开，就像花朵绽放，这是从来没有过的景象。十几个气泡悬浮在半空中，似乎在等待着什么。端木看见了拉姆，看见了沙达克，过了几秒钟，他学会了分辨哪些是真实的现场，哪些只是一个影像，当然，那也是真实，只不过发生在千里之外。

拉姆和沙达克对于端木的到来没有反应，他们专注地看着事情如何发生。

战机一架接着一架从雷塔部飞出来，仿佛一个个精灵在空中飞舞。拉姆亲眼看见了这艺术般的飞行。是的，这是矮人的智慧，他们的勇敢、执着和坚韧不屈。他们和比自己强大太多的敌人作战，用脆弱的抵抗换取最后的尊严。帕丁气泡纷纷进入战斗状态。矮人的抵抗如尘土一般被粉碎。几分钟之后，整个雷塔部消失在熊熊烈火之中。

端木颓然跪倒在地上。刹那间，他的所有信念化为乌有。"沙达克，你让我来到这里，就是为了让我看到这个吗？"他弓起身子，把头深深地埋在双膝之间，双手紧紧地夹着脑袋。

沙达克轻飘飘地站在拉姆身边，他的影像显得越发虚弱，"快走。带上端木，还有二十五分钟。紧急通道已经打开。"

拉姆抱着端木跑出大门。

蓝拉姆坐在墙边，短刀深深刺入他的右肋，血一点点滴在地上。蒂姆站在他身边。

"你杀死了首领，告诉我，你杀死了首领。"他向着拉姆高声叫着。地面随着他的喊声一阵颤动。

"快走吧，帕丁就快崩溃了。"拉姆边跑边回答。当他跑过同卵兄弟身边，蓝拉姆突然起身拉住了他。

"他死了，是吗？再也没有人可以控制我们了，是吗？"

"是的。他死了。帕丁城也快完了，我们现在要逃命。"

"首领死了，是吗？他真的死了？"蓝拉姆突然放声大笑，"他终于死了。"

"那个行尸走肉的老头。好，他死掉了，我没有任何遗憾。"蓝拉姆松开手，"你逃吧。"

"你一直都知道？"

"当然。"

拉姆认真地看着眼前的人，有些东西被他刻意隐瞒了。然而，他没有时间去多想，一步从蓝拉姆身边跨过去。这时候，他听到了蒂姆的声音，"小心！"他预感到发生了什么，向前快走两步，然后回头，蒂姆正死死地抱着蓝拉姆，蓝拉姆拔出了插在肋部的刀子，狠狠地一下一下地在蒂姆的头上、胸口扎着。

"不要！"拉姆放下端木，冲上去抓住蓝拉姆的手，一个错接，让蓝拉姆脱臼，刀子脱手，落在拉姆手中，"蒂姆！"

蒂姆死死地抱着蓝拉姆，他被割断了颈动脉，鲜血如喷泉般向外泄着。沙罗迪应该服从库罗巴的任何决定，然而他不能看着拉姆去死，他也做不到杀死一个地位尊崇的库罗巴，哪怕仅仅是夺走他手中的武器，他唯一能做的，是给拉姆一点时间。蒂姆看着拉姆，微笑一下，然后缓缓合上眼睛。

"蒂姆！"

拉姆愤怒地看着自己的兄弟，把刀丢在他脚边。蓝拉姆已经奄奄一息，他抬起视线，"杀死我吧，兄弟。帕丁已经没救了，首领死了，我的目的达到了，一切都结束了。胜利既然不能属于我，就属于你！"

一切都结束了！拉姆猛然醒悟过来，一切都会在二十三分钟内结束，他必须完成最后的使命。

他最后看了蓝拉姆一眼，那个人用一种奇怪的眼神看着自己，绝望掺杂着渴望，凶残混杂着坚定，歇斯底里与清醒冷静奇妙地结合在一起。是的，这样的眼神。每个人都在自己的宿命中苦苦挣扎，拉姆暗自庆幸，他是这一半而不是另一半。

他转身扛起端木，飞一般地奔跑。他在和时间赛跑，和星球的命运赛跑。

"端木,你一定要听我说。我们没有时间了。帕丁城很快就会起飞,然而它的动力不足,这只能是一次单程飞行。你必须在起飞之前逃出去。

"很抱歉我没能阻止他。实际上,我阻止不了他,他控制着帕丁的一切,沙达克从他那儿夺回一些控制权,然而,沙达克不能伤害他。我杀死了他,是的,我杀死了他,但没有用,他死了,所有的计划都不可逆转。这也是他期盼的,他盼着我杀死他,而且他要一切陪葬。

"赶紧,端木!沙达克告诉我,你可以操纵矮人的飞行器,你要用那东西逃生,你必须逃出去。"

端木安静地伏在拉姆的肩头,一声不吭。

拉姆把端木放下,"你是我们的希望!"

拉姆打开一扇门。端木抬眼,他看见门后边小小的帕丁人,嫩绿的颜色,正围在一起打闹,外边发生的一切显然并没有影响到他们。"快点,端木!"拉姆挥手招呼他。端木没有起身,他麻木地看着小帕丁人。

"端木,你听着。"拉姆揪起他,"我知道你很伤心,但是你不能这样,你们的基地已经毁了,你就是去死也不能让他们活过来。但是你还有朋友,还有沙狮部落的孩子们。他们是希望，这个星球的希望。你必须保护他们。"

端木仿佛突然间回过神来，"你说什么？"他猛然推开了拉姆，"是的，他们应该还活着，帕丁人没有那么容易找到他们。我要去找他们。"

"没有时间了。跟我来。"拉姆拉着端木冲进了育婴房，他在孩子当中横冲直撞，碰伤了几个孩子，然而他没有时间停下来看。他们抵达了育婴房的最深处，那里伫立着两个巨大的罐子容器。

拉姆打开一个容器并钻了进去，"照我的动作，你去另一个。"

五分钟，两个容器同时打开，拉姆和端木退了出来。

"走！"拉姆拉着端木再次飞奔起来。

还有五分钟！拉姆紧张地计算着时间。他打开了最后一扇门。

"我们赶到了！"他看看端木。

眼前是飞行器仓库。十几架飞行器整齐地排列着，其中一架已经被推送到舱门口，随时准备发射。

地板的震颤越发厉害，似乎连人都站不稳。

"端木，上去。你要飞出去。"

"你呢？"

"我属于这座城市。根据指令，所有的气泡会在完成巡逻之后返回这里，他们会发现帕丁城已经消失不见，他们会惶恐不知所措。消灭他们！一个也不能留下，唯有这样，才有希望。"

"怎么消灭？"

"用这个飞行器，你知道它的用处。"

端木盯着拉姆，他明白了拉姆的意思，他要和所有的帕丁人同归于尽。是的，如果那是拯救李李和剩下的孩子的唯一办法，他愿意去做。端木并不理解这个帕丁人，他甚至教唆他去消灭帕丁人。此刻他并不想寻求解释，只要族人能够继续生存下去，一切都可以接受。端木跑上去，钻进飞行器里。

"等一下。"拉姆阻止他启动飞行器。

"还要等等。"

"等什么？"

"等你和我。"

拉姆的眼睛盯着飞行器腹部长长的输送管，管子一直延伸到一个输出口，好像过了很久很久，一个淡绿色的球体不紧不慢地在管子的那一端出现。一个、两个！两个球被收进飞行器。拉姆用力向着端木挥手。

"端木，你必须相信我。"

"我相信你。"

"这两个卵，是你和我。我们要死了，必须要让他们活下去。你把他们放在荒原上，然后再来找那些气泡。你必须做到，沙达克要求你做到。"

"好的，我相信你！"

"是的，端木，你必须做到。"空中响起沙达克的声音。

"我一定做到。沙达克，因神之名，我向你起誓。"

飞行器轰鸣着，飞出了帕丁城。与此同时，更大的轰鸣掩盖了天地间一切的声音，帕丁城拔地而起，向着天空直冲而去。

拉姆眼看着那白色的飞行器越来越远，越来越小。他相信端木会按照沙达克的设计去做，那是这个星球上残余的人们唯一的出路，不仅是眼前，还有将来。六十七万年，这个星系将被卷入空间断层区，被吞噬，填入那不见底的深渊之中。唯有沙达克的计划，才能让星球上残余的人们有足够的远见和能力改变这种命运。

他相信端木会做到，在端木眼里，沙达克是神，而族人是生命。

他回想起首领，那个被沙达克称为船长的垂死矮人。一场暴动让他失去了理智，制造出仇恨人类的沙罗迪，毁掉了整个船队，也毁掉了他自己的光荣梦想。

他想起同卵兄弟最后的眼神，是的，那样的眼神。那也是船长最后留给他的眼神。

一个人身上承载了太多的梦想，就容易变得疯狂，一个人自认为可以拯救世界，他就毁掉了世界。

在这个荒凉星球上昏迷了上千年，船长在睡梦中制造了拉姆和他的同卵兄弟，两个人，硬币的正反两面。然后，他醒过来。面对着自己制造的一切，他唯一的念头就是将这一切统统抹去。最后，他是要死的，他选择拉姆来结果自己。是的，他愿意死，死在一个为了保护人类而战斗的人手中来作为毁灭一切的代价。

"茫茫星海，茫茫星海，何处是家园方向；漫漫人生，漫漫人生，那是谁在吟唱；生命转眼间到尽头，时空却流转不休，空阔的宇宙，魂灵在那儿漫游……"

那是船长在最后弥留时刻唱的歌。他动了一个念头，让一个虚拟的声音替他唱。他用矮人的语言唱了一遍，又用帕丁语唱了一遍。拉姆明白，那是唱给他听的。苟延残喘的船长已经没有任何留恋，他只需要带着最后的满足死去。

拉姆笑了一下。那个躲在幕后的人最后满足地死去，留下他和这个空壳一般的飞船，还有沙达克，在单程旅行中，听天由命。他设计了一切，甚至做好了让拉姆重新成为船长的计划。

"沙达克，你控制飞船了吗？"拉姆高喊着。

"核心控制进入了保护状态，没有办法解开。其他控制正常。"

"沙达克，这里都交给你了。"

拉姆突然跑起来，他很快冲到了舱门口，纵身一跳。强烈的气流将拉姆的身体吹起，像惊涛骇浪卷起一片绿叶。然后他开始下坠。

他了解沙达克的想法，沙罗迪必须毁灭，否则人类永远不能得到安全。然而，他就是一个沙罗迪，虽然他全心全意地保护人类，但他也爱着这些同胞。他们不太聪明，除了服从命令和追杀人类，没有欲望和追求。让他们留在星球上，只会扼杀人类的最后一点希望。然而，沙达克永远不会明白拉姆需要多大的勇气来做出这个决定。

银色的帕丁城在天空中闪闪发光，拉姆想起了传说。传说中，帕丁会重新成为天空之城，然而在此之前，它会毁于一场大火。拉姆突然明白过来，那不是传说，那是一个记忆，是船长创造他们两个时留在他们潜意识中的烙印，他们会让帕丁重新腾飞起来，然而他们也会毁掉帕丁。

一切的一切，都是命运。天空之城在火焰中冉冉上升，距离拉姆越来越远，最后消失在天际。

无数的气泡飞行器聚集在一起。他们完成了全球搜索，回来结束命令。然而庞然的城市仿佛在一夜之间蒸发，只在原地留下一个巨大的窟窿。

沙罗迪们不知所措，相互间打探着消息，然而最后仍旧不知所措。可怕的寂静在数千个气泡之间弥漫着。

突然间有了异常的响动。小巧的飞行器带着翅膀，在天空中划出漂亮的白色轨迹，仿佛精灵在巨大的气泡中间穿梭。所有的帕丁飞行员都注意到了这个小小的家伙，他们在刹那间感到彷徨，然后是敬畏和恐慌，那是来自内心深处的本能，千百年来，一直凝结在他们的血液之中。精灵在空中急停，以反重力状态悬浮在半空，微微地上下起伏，就像一个归来的王者，安坐在侍从的重重拱卫之中。

那是谁？疑问在所有的气泡间飞速传递。那真的是矮人吗？当一个矮人站立在他们面前，他们会毫不犹豫地将他毁灭。然而，当一个矮人驾驶着这小小的飞行器来到他们中间，他们却又将他当作国王来崇拜。事实如此不合逻辑，所有的沙罗迪都陷落在不知所措之中。然而他们再也没有机会思考。一团闪光从飞行器中间爆发开来，层层叠叠数千个气泡全部淹没在闪光之中。

星球经历了前所未有的爆炸。在那么一刻，太阳的光辉也淹没在这闪光之中。最后一切恢复平静，黄昏来临的时刻，荒原上如往常一般热闹起来。十几只雀魃好奇地围观着巨大的物体，这东西像石头一样纹丝不动，却散发着不同一般的辐射，四周零零星星，到处是这样的石头，仿佛一日之间从地底下长出来的。它们很快发现这并不是食物，也不能提供额外的庇护，于是它们很快散开来，三五成群地去寻找食物，对这片充满辐射的土地上将要发生的一切一无所知。

太阳出来了，寂寞的荒原再次失去生命，一片静寂。

黑色的大地上，两个淡淡的绿色球体被阳光炙烤着，隐隐发光。突然，传来细微的咔嗒声，两个卵同时裂开，一阵窸窣之后，幼小的生命站立起来，浅绿的肢体在阳光的炙烤下迅速变成深绿。绿色的婴孩在黑色的土地上摸索着。突然，其中一个站立起来，他发出了某种不可听见的声响。

沉默的大地开始颤动，一只庞然巨兽出现在不远处。它一路走来，四处寻找进入自己领地的同伴，那该是一只失去了孩子的母兽。当它走近绿色婴孩的身边，不知道出于本能还是精确的算计，四个孩子准确无误地攀附在巨兽的腹部。

巨兽走过一圈，没有找到任何同伴，它困惑地抬头，四下里嗅着，最后掉头准备回到巢穴。

孩子们敏捷地翻身，在巨兽身上攀缘，几个回合之后，他们到了巨兽背上。孩子们伸腿跨过巨兽的脊梁，稳稳地坐在那里，就像胜利的征服者。

巨兽到了洞口，孩子们看到一个人影躲藏在那儿，向外张望。

"李李。"孩子开口说话，"我回来了。"

李李什么也说不出来，他呆呆地看着四个小小的帕丁人，几乎忘记了躲避巨兽。沙狮把他碰翻在地。李李打了个滚儿站起来，怀着不可名状的心情看着小帕丁人从巨兽身上一滑而下。

突然间他热泪盈眶——两个小帕丁人并排站着，右手握拳，跷起大拇指，放在心口，深深地向他鞠躬。

"端木……"他泣不成声。洞穴深处，几个孩子探出头。两个小帕丁人跑了过去，很快和孩子们打闹在一起。

另两个小帕丁人在洞口嘀咕着。

"六十七万年，是个很长的时间。我们需要这么着急吗？"

　　其中一个看着远处，"不算长。我们要从一无所有发展到天空之城。我们只能活两百年，埋下一颗种子。中心废墟应该在那边，沙达克在那儿，他倒是可以一直活下去，我们什么时候去找他？这个星球实在太荒凉了，一切都要从长计议。"

星球往事

战争突然发生，然后，结束了。

托尔斯在飞船上度过了他的黄金岁月。光芒四射的恒星照射飞船。当光压达到 4.5 微帕，自动系统就会将他唤醒。此刻，他正醒过来。

飞船很快找到了行星。"这是一个岩石星球，它看起来不那么亮，有点锈迹斑斑……大小接近地球，有两颗小卫星，不知道另一面是不是有更多卫星，卫星大概只有月亮四分之一大小。"托尔斯照例录制航行日记。用地球和月球对行星进行描述不是一种精准的方法，但托尔斯习惯这么干。他知道自己的任务不是记录星星的位置和轨道，不是分析行星的化学成分，也不是寻找可能的生命痕迹，机器能够做到这一切，他唯一的任务是看——用一双人类的眼睛去看。

这件事极端枯燥乏味，却极端适合他。什么样的性格就该做什么样的事，强迫着来是不行的。

托尔斯看了看时间表，飞船时间 2574 年 10 月 11 日。真巧，正好十年过去了！

十年前的今天——至少对他来说是十年前，他正在太平洋的一个小岛上，躺在沙滩上，仰望一碧如洗的天空。耳边是海水轻拍沙滩的声音，细微的风声，还有赤脚踩在沙地里的声响。

"托尔斯，走吧。"一个声音仿佛从很远处飘来。

那是商绍良。

商绍良是托尔斯的一个朋友，认识并不久。然而托尔斯认定他们之间有种惺惺相惜的默契。古人有句话："白头如新，倾盖如故"，说的就是这么一回事。

他一定已经死了。托尔斯这么想，他活动了一下脖子，脑袋画一个圈，把关于商绍良和地球的一切都排除出去。

"现在我们正向那个星球靠近，三十个小时后，飞船将在一百万千米的距离掠过星球，那将是最佳观测机会……"他继续录航行日记。

"这是一个浓云密布的星球，并不友好。"几个小小的探测器进入了星球大气，返回的信息告诉托尔斯这个星球表面看上去很平静，实际上一团糟。厚实的云层下，氮气和二氧化碳为主的大气飞速流动，形成几个大的对流圈，时速达到上百千米的风暴一刻不曾停息。

"这个星球和地球很类似，然而在这样的大气条件下，生命很难存在。"托尔斯不疾不徐地记录着，"这是第四个和地球类似的星球。地球的体积在宇宙中似乎很常见，只要主恒星的质量和太阳相近，就很容易产生一个和地球类似的星球。TS115不会特意在这个星球停留，我也同意——我们已经在类似的星球上花费了大量时间……"

托尔斯停顿了一下，有一句预言看起来很像真理：生命到处都是，但绝大多数只是和细菌类似。在曾经勘探过的两个星球上，最大的发现就是一些细菌。毫无疑问，它们是生命，甚至和地球的细菌像是亲戚，然而，它们充其量只是细菌而已。第一次发现外星细菌是件值得兴奋的事，然而反复发现细菌只会让人觉得沮丧。人类是独特的，这让人骄傲；人类是孤独的，这让人惶恐不安。

"我要尽量节省时间。"托尔斯接着说，然后关上了航行日记。

托尔斯看了看星图，每一个直径在两千千米以上的天体和它们的运行轨迹都被显示出来，飞船的轨迹以一道亮线表示，横穿几条行星轨道，从中央恒星边缘二百万千米处掠过，再次横穿行星轨道，最后飞出星系。整个过程需要一个月，那就是托尔斯能够保持清醒的时间。

初步分析完毕。虽然这个星球并不友好，但从某些方面来看它仍旧很有趣，比如它的自转和公转方向几乎完全相同，就像一个硕大的轮子在轨道上滚动。还有，大气中飘扬着大量尘埃，这些尘埃似乎从来没有降落，几乎遮蔽了整个星球，它让整个星球看上去几乎是黑色的。

托尔斯经过了十六个星系，其中两个行星系统和太阳系大不相同，它们的中央恒星太小，引力太弱，在漫长的岁月里，行星渐行渐远，失去恒星的光和热，成了冰冷的石头，在遥远的宇宙深处绕着中央恒星缓慢地运行。另十四个星系具有类似太阳系的行星系统，无一例外，它们都有一个类似地球的岩石星球。类地球也许有生命，也许没有，取决于星球的表面温度，大部分星球表面温度很高，从两百摄氏度到六百摄氏度，区别很大，但对人类来说都是地狱，不同仅在于那是地狱的第几层。只有三个星球温度适合，可托尔斯在那里只找到了细菌。

眼前的这个黑色星球略有不同。二氧化碳牢牢地包裹着球体，黑色尘埃几乎吸收了一切热量。星球表面温度很可能在零度以下。最乐观的估计是能够找到一些简单细菌。

"地球的生命哪怕不是唯一的，也是珍贵的。这不是猜测和推理，而是观察的结果。在过去的十年里，十六个星系看起来都荒芜不堪，加上眼前这个，就是十七个。"

托尔斯停顿一下，他突然有一种强烈的感觉，想回到地球，这油然而生的冲动让他的鼻子一酸，眼里充满泪花。他抽了抽鼻子，让心情平静下来。

类地球正显示在屏幕上，半明半暗的球体上青黑的色彩涌动，让它看起来仿佛某种活物。巨大的立体屏幕把星球呈现在眼前，触手可及，仿佛用一只手就可以摘过来。

"这是我们的星球。"十年前，商绍良就站在这样一幅星图前，只不过，那个星球是蓝色的。

"您看，这是雷霆三。"他的手伸入屏幕中，指尖触动一个小小的黑点，整个屏幕在瞬间静止，被碰触的黑点倏然变得巨大，栩栩如生的巨型飞船出现在托尔斯眼前，甲板上，排列整齐的管状物竖立着，黑洞洞的管口敞开，指向地球。

三十六根管子，每根里只有一颗炸弹。然而，它的威力比地球上所有的核武器加起来还要巨大。每一颗炸弹都是一个小巧的飞行器，设计精巧而复杂，三百克反物质氢被隔绝其中，一旦炸弹把反物质倾泻出来，爆炸的威力可以把喜马拉雅山脉削低一百米，或者让日本列岛沉入大海。

托尔斯凝视着这些管子，"敌人不会理会的。而我们却失去了地球。"他转向商绍良，看着他，一言不发。

商绍良瞥了托尔斯一眼，"这是最坏的准备。没有人想毁掉地球，然而我们必须有手段让敌人惧怕。"

托尔斯的注意力回到雷霆三上。这个最具威力的智能武器平台正在地球上空静静地游弋，在月亮和星空的衬托下，充满冰冷的金属感。

托尔斯突然觉得有些荒谬，世界怎么会在短短的二十年间天翻地覆，变成一个他从来不认得的模样。

无数人已经死去，还有更多人会死去。而地球，这个所有人共同的家园，也面对着从未有过的威胁。

他低着头，"你们都会被谴责的。"

商绍良再次瞥了他一眼，没有说话。

雷霆三的图像渐渐褪去，屏幕恢复成静悄悄的星图。湛蓝的星球在眼前优雅地旋转，触手可及，仿佛用一只手就可以摘过来。

"胜利者得到历史，是不受谴责的。失败者失去一切，并不惧怕谴责。"商绍良突然打破沉默。

监控器上的红色灯光闪烁，飞船的探测器送回一个强烈信号，它认为找到了有价值的东西。托尔斯漫不经心地看上一眼，这是大气探测仪，几个探测仪中最简单的一个，它的既定任务是分析大气成分。托尔斯认为它已经非常圆满地完成了任务。

然而飞船并不这么认为，短短的十五秒后，飞船突然转向行星。托尔斯在猝不及防的加速中从座椅上飘了起来。他及时把自己拉了回来。

"看起来 TS115 认为事情非同小可，没有我的同意，它擅自采取了行动。"托尔斯在座椅上坐稳，第一件事是给航行日记加上旁白，然后他开始质问飞船。

"TS115，报告情况。"

"高度有序结构确认。采样程序进行。"

"给我看看……"

托尔斯的话还没有说完，他的左手边就出现一个投影，一个透明的球状物若隐若现，漂浮不定，仿佛一个巨大的肥皂泡，强烈的光照射过来，小球收缩，透明的内部出现了某种变化，刹那间变成深色，仿佛一个小小的奇点，把一切都吸收进去。小球的色彩缓缓变浅，隐约的纹路显露出来，精美的螺旋花纹仿佛鹦鹉螺的美丽外壳，在细微的颤动中，气流顺着螺线流动，它略微膨胀，所有的纹路在一瞬间消失不见，重新变成透明。

托尔斯目不转睛地看着它。它是活的！

大气探测仪把它分离出来，它的质量达到六十毫克，内外双层结构，中空，悬浮在大气中，四处飘散。大气探测仪过于简单，无法进一步说明情况。

然而这样简单的情况已经让托尔斯激动不已，他把视线转向星球。

"这些青黑色……"托尔斯考虑措辞，那不是星球本来的颜色，无数的细小颗粒飘扬在大气里，它们的数量如此之多，以至于整个星球因此而改变了颜色。最初认为这是尘埃，然而它们是活的，是某种生命！

"大气探测的结果看起来就像无数的孢子弥散在大气中，这真让人激动。这是第一次发现这样复杂的结构，而且规模如此巨大。从简单的数量上看，它们很成功。虽然不知道它们在多大程度上可以被称为生命，但直觉告诉我，它们就是生命。"托尔斯压抑着激动，用平静的语调把这个重大的发现记录在航行日记里。飞船没有回程，也许永远不会有人和他分享这充满着欣喜的一刻，然而人总是希望留下点什么，希望后来者知道曾经发生的故事，特别是这种重大的值得见证的时刻。托尔斯放慢语速，用一种郑重其事的语调继续记录，"托尔斯·冯，飞船日历2574 年 10 月 12 日。我们在见证历史，人类飞船遭遇地球之外的复杂生命。很快，我们将揭开更多的秘密。

"十八个小时后我们将距离星球三十万千米。TS115选择了一条轨道，正好处在两颗大卫星的轨道之间，在十五天的时间里，可以和两颗卫星各交会两次。这种个头的卫星在行星系统里也很少见。它们的形状不很规则。"

托尔斯侧过身，飞船已经更为逼近星球，屏幕上的影像也更大、更细致，两颗卫星分列星球的两侧，三个天体排列成直线，它们的轨迹被显示出来，较小的那颗靠近行星，速度较快，较大的一颗运行缓慢。

图像多了一条轨迹，又一颗卫星被发现。这是一个很小的个体，直径只有三百千米。

更多的卫星显示在星图上。

最后，卫星的数目确定为十三颗，两个大家伙和十一个小兄弟。

十三条轨迹围绕着星球纵横交错。

商绍良站在门边。这扇通向外界的门二十年没有打开过，托尔斯以为它再也不会开启，然而它却被打开了。

商绍良站在门边。他是一个军人。

"冯先生，这里不安全，请跟我们转移。"

托尔斯茫然地看着一队军人鱼贯而入，动手清理各种物件。二十年的安静突然之间被打破，让他无所适从。

"去哪里？"茫然了十几秒后，他终于想到了这个问题。

"敌人正在靠近这里，他们特意派遣了一个山地旅对整座山进行搜索。显然他们并不知道您的确切位置，但是某些模糊的情报已经足够让他们找到这里。"

"敌人？"

"是的。我们处在战争中。很抱歉把您从这里带走，但是，我们绝不想您落在敌人手里。"

于是托尔斯跟着商绍良上了直升机，在空中，他再次看见激流奔腾的澜沧江，两岸悬崖峭壁，郁郁葱葱，印证着模糊的记忆，他甚至看见了那片桃林，二十年过去，桃林仍在。一切仿佛没什么变化。突然他看见了不同的东西，江面上，两具尸体随着急流忽隐忽现，不远的江流转弯处，水面突然开阔，被急流冲下来的尸体堆积起来，江面上黑黑的一片。

托尔斯艰难地咽下一口唾沫。

"三天前在上游有一场战斗，我们损失了四千人。敌人打扫战场，他们直接把尸体丢进了澜沧江。"商绍良轻轻地说。

"这真是……太野蛮了。"

"欢迎回到现实世界。"

托尔斯回头看了商绍良一眼。是的，二十年来，除了超空间，他不关心任何东西。他想起来的确有人向他提到过战争，然而他根本没有理会。他直接把这些不相干的东西丢进垃圾桶，那不是他应该关心的事。此刻，他必须直面现实。宁静已经被打破，谁也不能抗拒，或者逃避。

"如果能够不理会这一切，那就太好了。"商绍良说，"可惜没有世外桃源，我们必须面对现实，没有选择的余地。"他的目光透过直升机的窗户，落在遥远的山峦上。"情况很糟糕，我们需要您的帮助。"

商绍良拿出笔记本，一个影像跳了出来。托尔斯认得他——联合国秘书长的秘书卡鲁，然而那是二十年前的头衔。卡鲁显得很老，却很有威严。

"将军，冯先生和我在一起。"

"谢谢，上校！托尔斯，还记得老朋友吗？"

"卡鲁，你怎么成了将军？"托尔斯记得卡鲁最大的愿望是成为联合国秘书长，他也一直为此努力，为此他从K区外交次长的任上离职，成为秘书长秘书，他的人生简直太有目标了，而且有模有样地向着这个目标前进。托尔斯遇到他的时候，介绍人悄悄告诉他，十年后的联合国秘书长就是他。然而此刻他是一个将军，正指挥军队和敌人作战，将军的地位也许很崇高，但和联合国秘书长相比，志趣相去甚远。

"这说来话长。我们只有两分钟,这个话题将来再谈,现在,我们需要雷神号。你是总计划的负责人,现在你还是总负责人,但是商上校会协助你。"

"雷神号?你是说雷神号?"

"是的,朋友。雷神号已经基本完工。我们应该及早找到你,可你实在太聪明,给我们设置了不小的难题。商上校用了一年的时间才找到你。"卡鲁将军持续不断地说下去,"我们已经浪费了太多的时间,抓紧时间,朋友。我们的头顶上有十三颗敌人的卫星,其中十一颗监视着地面的一举一动,另外两颗随时准备往下丢核弹头。"

"核弹头?你是说有人把核弹头送入了太空?"

"不仅如此,他们已经用核弹摧毁了我们两支集团军,直接杀死十五万人。眼下,他们正在策划进攻。商上校会告诉你更多的情况……"

卡鲁的影像突然消失。"时间不能超过两分钟,否则敌人可能会追踪到我们。"商绍良一边说一边从口袋里掏出存储卡插入笔记本,他熟练地按了几个键,一个虚拟屏幕出现在托尔斯眼前。那是地球。

十三条轨迹被高亮显示,那是敌人的十三颗卫星。其中两颗是武装空间站,或者用一个专业术语表述:自动核轨道站。不是核动力或者核电池，而是核武器，这是两个高度自动化的武器发射平台。除了恐惧和杀戮，托尔斯想象不出它们还有其他任何作用。

直升机离开了澜沧江河谷，掠着树梢飞行。

托尔斯盯着十三条轨迹，怔怔出神。

"我们正在轨道绕行第三圈。TS115 在一个小时前送出达尔文号登陆船，它将直接降落到大气底层。这个星球的大气充满这种被命名为'黑尘胞'的巨大分子，然而根据先前的探测，大气底层一直有很强烈的风暴而且温度高达一百六十摄氏度，很难想象黑尘胞这样的复杂分子团能在这样的条件下产生。达尔文号会给我们带回来更多的消息。但愿它能平安着陆。

"达尔文号将带回来几个黑尘胞的样本。它没有足够的负荷能力，否则，我可以一起下去看看这个神秘世界的真实面目。"

托尔斯泡了一杯茶，让它在眼前悬浮，富有弹性的液态球在眼前微微颤动，细微的杂质在球体中悬浮，光线照过来，仿佛一块晶莹的琥珀，把一些细小的尘埃和岁月凝固其中。托尔斯希望眼前是一个水晶球，能透过它知晓一切。然而一切都不能着急，尤其是在这个陌生之地，没有任何支援可以依靠。

只能等达尔文号的消息。托尔斯把嘴唇凑上去，深吸一口，温暖而略带涩味的液体被吸入口中，他使劲吞了下去。

托尔斯从沉睡中醒过来，达尔文号登陆船已经传来画面。

船潜得太深，黑尘胞遮挡了光线，能见度很低。放眼望去，一片昏暗的混沌。探照光柱中偶尔闪过几个黑点，那是偶尔从上层流窜到下边来的小胞体。眼前的大气相当平稳。这和之前的观察出入很大，让托尔斯有些意外。一些结果正被修正，更准确的分析显示，这个星球的大气圈相当复杂，至少有三个大的圈层，如果更细致些，可以分为六层。总体上，这是一个狂暴的大气，然而其中的两个圈层却相对平静，气温也并不算很高，只有六十摄氏度。绝大部分黑尘胞聚集在这两个圈层。这样的圈层结构多多少少和地球大气有些类似。

托尔斯的注意力集中在黑尘胞的化学分析上。它含有铁和硅，少量的碳，最多的成分是氢。铁和硅！铁的原子量是56，硅的原子量是28，它们都算不上是重元素，在类地星球上最常见不过。然而，托尔斯两眼放光——相对气体，它们已经太重了——这不是应该在大气中存在的元素，它们属于大地，属于星球的躯体。顺理成章的推论让托尔斯异常兴奋：这些黑尘胞含有浓度不低的铁和硅，它们必然有方法从星球表面获取这些元素。这个发现毫无疑问具有巨大的科学价值。

更有价值的是黑尘胞的结构，达尔文号会采集样本并带回母船。托尔斯看了看飞船信息，距离预定的返程还有十八个小时，他必须再耐心一点。

图像有些抖动，画面不再清晰，原本一片混沌的昏暗变成了彻底的黑暗。

眼睛适应了黑暗之后，托尔斯看见一些幽暗的影子。

商绍良已经告诉他，这里有一些让人惊讶的东西。然而当托尔斯亲眼看到时，他还是忍不住惊讶地叫起来。

叫声惊动了那些隐约发光的躯体。他们发生了一些小小的骚动。托尔斯可以感觉到，有人正注视着自己。

这就是商绍良所说的敌人。

灯光重新打开。眼前的牢笼里关着四个人，神情冷漠，直直地盯着托尔斯。皮肤微微发黑，眸子深蓝，鼻子高挺，头发微微卷曲，模样仿佛地中海沿岸的某些少数民族，却又截然不同。

"这些人突然发动了战争，从中东和中亚向欧洲和东亚、南亚发动袭击，手段残忍，并使用了病毒武器。

"联合国最初的判断是一场流感瘟疫。然而情况很快变得明确，中东 S 区、A 区，中亚 K 区、W 区没有任何瘟疫发生，然后，他们派遣军队进入了疫区。"

"基因工程？" S 区、A 区，这些地名让托尔斯马上明白了事情的原委，这些地方一直是著名的保护区——任何基因工程在这两个区都是合法的，包括制造只有腿、没有翅膀的鸡，长着人体器官的猪，或者某些异常凶狠、异常嗜血的猛兽。

"是的。而且改造得很彻底，她们是没有男人的，Y 染色体不存在。所有的都是女人。"

"女人？"托尔斯有些怀疑地看着眼前的四个囚犯，她们看起来显然是"男人"。

"外表上她们都是'男人'，但是从性别上，她们都是女人。"

托尔斯默然。上大学的时候他曾经面临抉择，选择生命科学还是时空物理，他的父亲告诉他，这是选择研究内还是外：生命科学是内，最后的问题是怎样改造人类自身；时空物理是外，研究对象是置身其中的世界。就自然科学而言，没有什么比这两个课题更有价值了，这是两朵精致的科学之花。反复考虑之后，托尔斯选择了时空物理。原因很多，其中之一就是把人当作研究对象在某些情况下超越了托尔斯的承受能力。然而此刻，他明白自己还是低估了某些人的想象力。他茫然地看着这些比他更像男人的女人，有些不知所措。

"的确有些难以想象，居然会有人做这样的基因工程。"商绍良仿佛看透了托尔斯的想法，"然而这是很成功的基因工程。她们不需要性生活，人工受孕，生下的孩子是完全的复制品。智力发达，行动敏捷，完全超过我们。她们只需要一年就能长成。"

托尔斯重重地呼出一口气。

"这是精心策划的阴谋。她们使用病毒武器，德黑兰受到攻击，几乎所有人都死光了。"

"什么样的病毒？"托尔斯问。

"它攻击我们第三对染色体上的某几个基因组。初期症状很像感冒，然而情况越来越糟糕，最后胸腔产生畸变，心肺功能衰竭，无药可救。先说战争，她们攻击德黑兰，然后派遣军队接收了白光基地。白光基地是地球上最先进的三个核武器基地之一，保有地球上二分之一的核武器。她们有运载工具，于是大量核武器被送上了太空。

"地面上是克隆人的进攻，头顶上是核武器，还有基因病毒四处扩散，您可以想象我们的处境。"

"怎么会这样！"

"这件事也超出了我的理解力，三年前，我还在读大学，情况急转直下，一年的时间，她们几乎占领了整个欧亚大陆和北非，休战了一年，她们重新开始进攻，这一次的目标是中国区和东南亚。不过，这一次我们已经有了准备，她们的攻击受到打击，两个集群被分别消灭在盐城和酒泉。但是……"

"她们使用了核武器。"

"是的，您也猜到了。"

"我们用十几年的时间培养孩子，她们却只需要一年的时间把婴儿变成大人。她们不会珍惜他人的生命，也不在意自己的。"托尔斯看着关在笼子里的她们，"如果她们都来自同一个母体，那么只要剩下一个，就是胜利。"

托尔斯面对商绍良，"从前这只是一个理论上的假想，现在却成了事实。她们看起来不可战胜，所以你们需要威力更强大的武器来制止她们？"

商绍良毫不回避托尔斯的目光，"是的，而且，我们已经准备好撤退到月球。"

托尔斯避开年轻人的目光，他再次看着牢笼中表情冷漠的四个人，她们仍旧用冰冷的眼神看着自己。他明白商绍良话中的意思——宁愿放弃地球，也不能和她们共存。

当然，从那冰冷的眼神中，托尔斯可以推断这绝不是商绍良这边单方面的想法。她们甚至已经让自己的身体做好准备，适应核冬天的到来。科学之花结出鲜艳的果实，却毒死了所有人。

托尔斯跟着商绍良在长长的通道里走着，闷声不响。最后商绍良打破了沉默，"还有一个选择，启动雷神号，离开地球。"

托尔斯没有回应。

达尔文号终于开始重新发送稳定的信号。它降落在这个星球的表面。狂暴的大气湍流搅动沙土，大大小小的颗粒仿佛子弹一般击打在达尔文号的外壳上。无法进行其他考察，达尔文号只做了一件事：它抓起一把沙土，然后开始上升。

突然之间，达尔文号受到强烈的撞击，船体略微震颤，探照灯的光柱中，一个黑影一闪而过。撞击没有造成太大影响，达尔文号继续上升。

托尔斯把影像回放，端详着那个碰撞了达尔文号的东西。那只是一团篮球般大小的黑影，然而让人费解，什么样的东西会拥有这么大的体积而且随着风暴四处飞扬？黑色的影像仿佛一个水母的影子，巨大的椭圆头部下边许多细小的触手随着气流不断摆动，看上去很柔软。这肯定不是一块石头，风力还没有大到能吹起这么大的岩石。

是一个生物？托尔斯压抑着这个吸引人的想法。黑尘胞虽然看起来仿佛是一种生命，然而那只是一个微小的个体，如果个体能够生长到篮球般大小，那么几乎可以宣称他发现了另一个地球。

托尔斯突然挺直身子，紧紧地盯着另一块屏幕。达尔文号另一部摄像机的画面显示在上面。在那个方向上没有探照灯，屏幕一直是黑的。然而此刻，那上面有光。一溜的光点在屏幕上蜿蜒，起伏波动。那是一个个细小的蓝色光圈，那是一群不知道是什么的东西，正在达尔文号的上方随风而行。

托尔斯凝视着屏幕，幽暗的蓝光闪烁，他揉揉眼睛，试图证明那不是幻觉。

那不是幻觉，那是一群生命体！托尔斯仿佛看到一群水母在幽深的大海中游弋。蓝色的光呈现出一种有节律的变化，它们依次变暗，然后又重放光辉，首尾相连，仿佛一条长链，随风起伏。

托尔斯几乎忘记了自己的存在，这简单的画面在他的眼里无比美丽，充满神奇的魅力。自然创造了多少奇迹！在这样的一个星球上，居然有这样美丽的生命！

最后他回过神来，打开航行日记，"这是一个激动人心的时刻。如果我们不是正在遭遇一种智慧生物，至少也是一群复杂生命体。它们看上去正随风旅行。我让达尔文号跟上它们。这个离奇的世界已经远远超出了想象。"

托尔斯躺下，重重地呼吸。

他做梦也没有想过自己能够见证这种时刻，一个拥有复杂生命的星球，一个可以和地球媲美的星球。他仿佛正在打开一扇大门，有光线从门里泄漏出来，虽然还不能看清楚门后的景致，但可以想象那一定是五彩缤纷，灿烂夺目。

超空间理论。

超空间飞船。

第一次真正意义上的星际旅行。

一个人在一生中能够达到其中的一项就是历史伟人，托尔斯却做到了三项。然而和眼前的发现相比，那些曾经的成就黯然失色。一个可以和地球媲美的复杂生命系统，托尔斯静静地躺了一会儿。他想到很多，关于生命、地球，还有宇宙。各种各样的世界观在他的头脑里盘旋，变成碎片，他的头脑仿佛万花筒般变幻莫测而又支离破碎。

屏幕上，成串行动的光圈变得越来越大，达尔文号正在迅速地靠近它们。很快，摄像机传来一个特写，那是一个椭圆的球体，看上去仿佛一个巨大的透明鸡蛋，一圈蓝色光点环绕躯体，六条细细的触手被风吹得四处摆动。

这样的情形有些熟悉，回忆突然间蹦进托尔斯的记忆里，他想起来这像什么了。

星空之门。

这是托尔斯梦寐以求的地方。他无数次看过这个模型，但是从来没有想到有朝一日能够亲眼看到它。

巨大的拱门上蓝色的光点不断闪烁，物质和反物质就在这闪烁中不断分离。

从地面往上看，那是一颗耀眼的蓝色巨星，即便在白昼的天空中也能被看到。此刻，在距离一百六十五千米的位置看上去，它就像一个被蓝色光圈环绕的透明鸡蛋。托尔斯正站在一个小小的平台上，这是坚盾二号的一个观察窗。坚盾二号和另三个平台构成一个正四面体，正四面体的中心是星空之门，它们是精心设计的防卫系统，可以抵抗"海盗"的袭击。"海盗"是一种无人机，到目前为止，这是敌人唯一使用过的远空间武器。她们似乎把主要力量放在了地面上，除了近地轨道，她们并没有努力控制太空。

星空之门在托尔斯的眼里熠熠发光，"我以为要过一百年才会出现这种装置。"

"有些东西是花再多的钱也造不出来的，然而有些东西不是造不出来，而是经济无法承受。这个项目获得了优先权，任何事都要排在它的后边。它看起来很美，是不是？它占了国民生产总值的四分之一。"

商绍良看着托尔斯，托尔斯转头看着他。

"冯先生，感谢您的理论，事实证明它是对的。这个赌注很大，但我们押对了。"

托尔斯看着商绍良，"这不是赌注，理论无懈可击，这只是一个时间问题。"

"我是说谁也没有真正做过这个，就工程而言，风险很大，而且是在这种紧要关头。"

"二十年前就可以启动这个计划。"

"如果不是战争，没人会去造它。人们当然希望科学得到发展，但是他们更关心桌上的伙食。"

"这么说我要感谢这场战争？"

"如果您觉得它比十三亿人的生命更重要，可以这么说。"

托尔斯没有回答，他的目光紧紧地盯着那个他梦寐以求的东西。蓝色的光线仿佛梦幻，他陶醉其中。是的，这就是他的梦想，一个来自上帝的结构，时空螺旋的终点。能在有生之年看到它，他的生命再也没有任何遗憾。然而，它居然被用来制造武器，毁灭无数的生命，甚至地球，这是托尔斯未曾料到的结果。

"反质子在电磁场控制下进入预备的控制仓，然后装载，最后制造炮弹。我们已经制造了三十六颗反物质炸弹。每一颗有三百克反物质氢。"

"你们会毁掉整个地球。"

商绍良犹豫了一下，"如果这是消灭她们的唯一方法，也只有这样了。这是个最坏的结果，理论上，我们还可以重建家园，但谁也不希望这样的结果发生。"

托尔斯突然有一种无力感，地球就在眼前，巨大的蓝色球体悬挂在半空，无数的生命生活其中。地球在呼吸，它是活的。一旦炸弹落下，它将在瞬间变成地狱般的模样，死去。是的，地球仍旧在转动，阳光依旧，生命却不复存在。失去了生命的地球，是否还是那个地球，那个被称为"家园"的地方？

"冯先生，这是最后的选择。现在的问题是如果我们不使用这种武器，一旦她们最后得到地球，下一个目标就会是月球。我们无处可逃。"

托尔斯很久没有说话，只是自顾自地看着星空之门。他仿佛突然之间回过神来，"那个发射平台叫什么？雷霆三？给我看看它的影像。"

商绍良打开星图，小小的星球在眼前旋转。商绍良把手指伸入屏幕，碰触某个小点，一艘栩栩如生的飞船出现在托尔斯眼前。

"您看，这是雷霆三。"商绍良说。

蓝光水母的确在随风旅行。

托尔斯把它们命名为"蓝光水母"。"蓝光水母是一个很贴切的名字，至少从地球人的角度看来是如此。它们的行为也很像水母。它们的身体上遍布小孔，这些小孔可以吸入空气，然后从某些小孔喷出，调整行动方向。有个有趣的猜想：它们吸入的空气中有大量的黑尘胞，它们可能以黑尘胞为食。"

整整二十四个小时，除了两个小时小睡，托尔斯一直在观察达尔文号传来的影像。达尔文号距离水母很近，某几个水母甚至就在达尔文号的镜头前打转。他仔细地观察它们，分析它们，惊诧于它们的美丽。只要醒着，他的眼睛就一刻没有离开过显示屏，除了偶尔记录航行日记，他的全部注意力都在这些发光体上。

TS115 打断了托尔斯，它把一些画面送到托尔斯面前。托尔斯对这种未经许可的行为有些恼怒，然而他很快平静下来，画面上，强大的气旋正在赤道附近形成，而气旋的位置正在达尔文号前方五百千米。

"初步判断，这个气旋形成了达尔文号遭遇的强气流。这些发光体正顺着气流流向气旋中心。气流强度将达到一百六十千米每小时，接近达尔文号的控制极限。达尔文号是否应该停止前进，进行返回操作？"

托尔斯有些犹豫，在狂暴的大气面前，最保险的办法是让达尔文号返回，或者进入卫星轨道，等待合适的时机再行进入。然而，他无法放下眼前迷人的发现。

他转头去看六号屏幕。TS115把达尔文号的摄像头转移到了那里。

突然间，屏幕上的八个蓝光水母发生了骚动，其中一个突然消失，紧接着另一个消失，剩下的蓝光水母重新列队，继续排列成一线。

托尔斯猛然想到什么，大叫起来，"快，红外图像，核磁扫描图像，还有弱光，把刚才的镜头重放一遍。"

核磁扫描每半秒进行一次，能把事情看个大概——一个蛇状体从镜头上方闯入，速度很快，蓝光水母出现骚动，队列散开，蛇状体微微扭曲，突然之间改变方向，一个蓝光水母即刻消失，紧接着，它第二次改变方向，第二个蓝光水母被吞没。蛇状体膨胀了一倍。它从镜头左边退出，就像它进入时一样迅速。

这是一个掠食者。它是全黑的，隐藏在黑暗背景中，在可见光上完全不能分辨。托尔斯还注意到另一个现象：蓝光水母和掠食者在红外光谱上几乎不可见——它们几乎不发热。或者说，它们的身体几乎和六十摄氏度的气温完全一致。

托尔斯还没有从新发现的激动中恢复过来，就看到了更惊人的东西。达尔文号的远景摄像机里出现了一些光亮，那是很遥远地方发出的光，穿透充斥着黑尘胞的黑暗空间抵达这里。TS115给出了估计，那是一个直径达到一百六十五米以上的光球，距离在五百千米左右。那里正是风暴眼。

"达尔文号继续跟进！"托尔斯下达指令。

达尔文号发现了越来越多的蓝光水母。它们都和最早发现的那一队水母一样，随着气流向着风暴眼前进。黑渊蛇偶尔出没，这种掠食者具有很强的运动力，镜头中从出现到消失不超过十秒，托尔斯一直没有找到机会仔细观察。更多的水母种类被发现，其中的一种个头很大，大大超过达尔文号，远远看去，就像闪着蓝光的透明山丘，黑色的空气被吸入，在它的体腔内慢慢变得稀薄、透明，甚至一些小的蓝光水母也被它吸入，很快被消化掉。这种水母发热，在红外光谱上清晰可见。托尔斯把它称为"红山水母"。

越靠近光球，个体越多。托尔斯仿佛来到了热带海洋的水下，形形色色、五彩斑斓的热带鱼群四处游弋，让人目不暇接。

托尔斯躺下，吐出一口气，放松。这里有太多的东西等待他去发现，他要养精蓄锐。

上方的屏幕里，青黑色的星球位于屏幕右下，左上的位置是一个大卫星，散发着白色光芒。一个亮点正从星球背后升起，快速地向着大卫星的方向运动，那是一个小卫星。

托尔斯心里一紧，猛地坐起来。

一个亮点从地球升起，向着月球而来。

那是一颗导弹，目标指向月球一号基地。它从白光基地发射，那上面可能装载了亿吨级的核弹。月球上的人们沸腾起来，这是第一次出现针对月球基地的攻击。约三十万千米的距离，月球上的人们有足够的时间预警。然而他们没有太多的应对方案，月球的轨道不可更改，只能把导弹拦截在太空中。

托尔斯和商绍良在卡鲁将军那里看到了这段影像。他们正在卡鲁将军的办公室里商谈雷神号。

卡鲁将军看着画面，突然说，"必须抓紧时间。"

托尔斯明白他说的是雷神号。

雷神号是托尔斯和杨帆合作设计的船。杨帆是造船专家，而托尔斯是空间专家。

雷神号是一艘超空间飞船，装备湮灭引擎——正反物质湮灭释放能量，同时制造空间裂隙，把飞船推入超空间。它是人类实现太空旅行梦想的必经之路。然而它过于超现实，因此只是一艘概念船。

当星空之门成为现实，源源不断的反物质从时空奇点进入控制仓，雷神号的船体也逐渐成形。成千上万的精英分子用他们的聪明才智改造了设计，把船放大，让它可以承载至少一百万人。他们也根据最新的造船技术改进了大量细节，把完整的生态系统建立在飞船上，人们可以长期生存其中。

然而最大的难题是如何把它开动起来，湮灭引擎并不能像预期一样工作。

有些事商绍良肯定知道，然而他并没有告诉托尔斯。卡鲁将军把一切和盘托出。

"敌人迟早要进行太空战。我们无法抵抗她们。地球和月球的体积很好地表现了她们和我们的力量对比。军事斗争往往能创造奇迹，然而这一次和历史上任何战争都不一样。我们面对的是一个彻底的战争机器，毫无胜算。

"我们拥有反物质炸弹。她们得到了这个信息，这是一个警告，如果她们不想让我们保留最后的一点生存空间，她们也别想活下去。虽然只有三十六颗，但足够毁掉她们的所有重要基地。当然，那样地球也彻底完了。

"最迟到八月底，她们就能占领整个地球。我们尽量把重要的专门技术人员和尽可能多的平民送到月球，然而，一年多的时间，我们只转移了大概六十五万人。剩下的时间不多，半年时间，已经无法继续制造火箭，最多还能救出十五万人。现在看起来，她们打算提早发动进攻，我们的时间所剩无几。她们根本不顾忌我们手上的反物质炸弹。"

托尔斯默不作声。从十三亿人到八十万人，这是怎样的一种灾难。那些制造屠杀的人，她们为人类所制造，却成了人类的掘墓人，她们蔑视一切，甚至包括她们自己的生命。

雷神号是唯一的希望。一艘超空间跳跃的飞船可以远远地离开地球，离开这里的疯狂。

托尔斯需要解决的问题，是如何运转湮灭引擎把雷神号推入超空间，否则，雷神号只能缓慢巡航，被追上是迟早的事。

托尔斯看看卡鲁将军，又看看商绍良，他们的眼神都很平静，无所畏惧且坦诚。他们把希望交付给他——整个人类的未来都在他手上。

他要和时间赛跑，去验证和实现自己的理论。

紧急通告传来。

屏幕上，高速飞行的巨大弹体突然解体。它分成三块，改变航向。它们的目标指向星空之门。它们不是"海盗"，而是一种更灵巧的机器。坚盾一号和二号同时发射高能粒子束，一架飞行器被击中，发生爆炸，残骸四散。另两架快速改为机动，企图用毫无规则的飞行路线躲避坚盾系统。坚盾系统没有失效，两架飞行器最后都被击毁。被击毁之前，其中一架发射了高能粒子束，星空之门蓝光闪闪——保护力场挡住了粒子束。

这是一次试探。最后一架飞行器爆炸时，它距离星空之门仅仅七百千米。如果敌人进行饱和攻击，坚盾系统必然会被攻破。一切只是时间问题。

"必须抓紧时间。"卡鲁将军再次重复。

这是托尔斯第一次仔细地观察这颗卫星。

同一切缺少大气屏障的卫星一样，大大小小的撞击坑遍布星球表面。没有大气和水，星球表面的一切都被完整地保存下来，如果没有意外，它将一直保存下去，直到某一天，在陨星的撞击下灰飞烟灭。如果时间够长久，所有建筑都会被撞击毁掉，消失在扬起然后落下的尘埃里。然而总会有某些痕迹留下，一些蛛丝马迹，一些让人能够联想到它昔日辉煌的东西，那就是托尔斯正在寻找的目标。

TS115 对所有的卫星进行估算，如果假设它们曾经是一个大的个体，那么这个大卫星将具有三十万千米的轨道半径，将近七千亿亿吨的质量。很多类似地球的行星拥有和地球类似的质量，然而除了地球，没有其他任何一个星球拥有月球大小的卫星。

如果恒星的质量近似，类地行星的产生是一个必然，甚至它们在质量和大小上也近似，然而月球却是一个偶然——它曾是地球的一部分，被大陨星碰撞而飞离。这是一个小概率的偶然，概率小到几乎不可能在银河中再现。相对而言，另一种推论的可能性大得可怕——98%的概率，托尔斯回到了地球。

这个巨大的可能性让托尔斯感到手脚冰凉。很久的时间，他只是坐着。

他不知道该做什么，该说什么，或者还有什么可做、可说。

如果这是地球，那么战争早已结束。一个比预计还要糟糕的结果——所有人都死了，那些凶恶得有些可怕的女人们最后也没有活下来。可能曾经的细菌都灭绝了。

多少年已经过去？

多少事已经发生？

"您可以给我们做一个见证。"他想起商绍良的话。见证什么？一个黑色的地球和那些掩藏在黑幕中的奇特生物？地球呢？曾经的家园呢？

托尔斯坐了更长的时间，达尔文号不断传来更多的画面，然而托尔斯仿佛根本没有看见。他就像一个突然患上了自闭症的老人，只活在封闭的内心世界中，对一切熟视无睹。

突然之间，他仿佛一下子活了过来，伸手掩住面孔，脑袋深深地埋下去，整个身子剧烈地颤抖。眼泪从指缝里渗出，顽强地重新凝聚起来，变成一颗晶莹的小球，从手指上脱离，悬浮在空气中。

托尔斯抬起头。这里没有任何其他人，将来也不会有，他停止哭泣，打开航行日记。

"如果这里真的是地球，我就是灾难的最后一个证人。没有人知道时间到底过去了多久。超空间的弹跳可能把我送到了几百年后，或者几千年后，甚至上亿年后。然而一个事实是肯定的——曾经的地球不复存在，而我——也许是最后一个人类。"

托尔斯把目光投向屏幕。

青黑色的星球遮掩了无数的秘密，在那黑暗的星球上，悠长的岁月把一切磨灭干净。

月球上应该会剩下些什么——如果那真的是月球。

托尔斯命令 TS115 放出一个探测器，目标是最大的卫星——那是月球的最大一个残片，有最大的可能找到些什么。

"我的任务是看，用一个人类的眼光去看。"谁也不曾预料到最后要看的竟然是这样一幅图景。

探测器传回来卫星表面的图片。托尔斯仔细察看。

TS115 完成了计算，把模拟影像传送给托尔斯。

剧烈的爆炸发生在风暴洋平原北部，人类最大的太空基地——月球一号基地就在这里。炽热的火球发出骇人的强烈光芒，剧烈的震动扬起铺天盖地的尘埃，排山倒海般涌向星球的各个角落，转眼间，整个星球陷落在尘埃里，它开始分崩离析，巨大的裂隙在一瞬间吞没了哥白尼环形山，裂隙在星球表面快速延伸，星球被一分为二，细小的碎块脱落下来，随着星球的瓦解而四散。

彻底毁灭，没有任何人能够生存下来。

一切尘埃落定，大大小小的碎片形成新的卫星系统环绕着地球运行。在漫长的岁月里，它们将彼此相互碰撞，或者因为各种各样的原因失去轨道能量，堕入地球大气层而烧毁，直到形成托尔斯今天所看见的模样。

TS115 继续计算可能的情况，情况过于复杂，一切只能按照最简情形进行估计。它要算出形成今天这样的卫星系统需要多久。

"雷神号！"托尔斯喃喃自语。他只有一个愿望，回到那个时刻的地球，带着雷神号逃离这个人间地狱。

雷神号庞然的船体隐蔽在哥白尼环形山底部，距离月球一号基地一百千米。

托尔斯到了这里已经将近一个月。

所有人都在竭尽全力帮助他。

地面上的形势比预计的更糟糕。联合国的控制范围缩小到环太平洋区域以及南亚次大陆，而敌人的势力空前增大。

卡鲁将军下令用反物质炸弹攻击白光基地。敌人的防御系统显示了强大的威力，三颗反物质炸弹被发射，只有一颗命中目标。反物质炸弹的强大威力显露无遗，白光基地周围五十千米全部被灼热而猛烈的气浪化为一片焦土，地下厚达十米的钢筋混凝土防护被炸出直径三百米的大坑，里边的一切成为灰烬。巨大的蘑菇云冲上云霄，烟尘遮天蔽日，在月球基地上清晰可见。

被拦截的两颗炸弹显示了更恐怖的效果，它们在地面上方一百千米处被拦截，这里空气稀薄，没有大规模的冲击波，炸弹的能量以光和热的形式散开。红色的光芒瞬间覆盖了整个地球，几秒钟的时间里，地球仿佛消失在红色光芒中。在那么一刻，地球上空刹那间变成血红，维持了两三秒，然后恢复成白天或者黑夜。

在此之前，反物质炸弹的威力是一个抽象数字，此刻，它成了一幅具体的图景。如果这还不是末日，那么也是末日的入口。

大量灰烬被爆炸卷入平流层，地表接收的阳光因为这一次爆炸降低了 5%。这个冬天，地球将异常寒冷。如果更多的反物质炸弹在地球上爆炸，可以肯定，地球将陷入万劫不复的冰冷。

敌人的攻势却并没有因此而停止，相反，她们释放了两件核武器，在南海制造了大规模海啸，直接淹死了成千上万的人。两件核武器几乎在海底的同一地点、同一时刻爆炸，爆炸威力巨大，引发了海底地震，掀起的海浪高达八十米，所有的南海沿海地区都被海水吞没。

一种新武器出现在敌人的战斗序列中，巨大的圆形机器出现在海啸过后的南海，它们是一种水陆两栖的自动作战武器，很快在整个海洋中到处集结——敌人已经准备进行海洋岛屿作战了。

她们似乎并不在乎地球会变成什么样，她们唯一的目标是消灭所有人。

商绍良不断把战况讲给托尔斯。

"现在已经太迟了。她们的力量发展得太快，总体技术力量也超过我们，哪怕我们用所有的反物质武器进行攻击，最多也只是把地球变成一个冰冷地狱，而无法制止她们。

"有人怀疑她们拥有盖亚系统。这是一个智能平台，为了制造和实验武器而存在，制造战士也是盖亚的一种能力。不过这可能是个传言，我们谁都不了解这个系统，最精确的情报也只是模糊地提到这是一个掩埋在地下的绝密系统，她们可能拥有盖亚，否则无法解释这么强大的恢复能力。她们源源不断地制造士兵，可我们无法进行有效摧毁。即便炸弹把所有地面夷为平地，地下也仍旧安全。除非我们能够知道她们的巢穴到底在哪里，然后用反物质炸弹连续攻击。而且有一种分析认为，休战的一年，她们已经把类似的巢穴广泛分布，击败她们的可能性已经接近零。

"她们拒绝交流，没有要求，没有任何和平的可能性，她们只是单方面在全球驱逐我们，赶尽杀绝。也许接下来就是月球。"

情况越来越糟糕。如果说之前雷神号是最后的一个选项，那么此刻，它已经成了唯一的选项。

她们是一群科技发达、心狠手辣、不计后果的恶魔。

托尔斯明白自己肩上的分量。他没日没夜地推理、计算，指挥来自各个地区、不同肤色的人们完成一个又一个模型，估算。

终于，他得到了一个很重要的结果，这是一个好消息。然而同时，他也得到了一个坏消息：星空之门的反物质流枯竭。

听到这个消息时，他明白哪怕在这个最后的领域，敌人也已经追赶了上来。

她们也拥有了反物质炸弹，或者很快就将拥有。根据一贯的秉性，她们将很快把这种新武器到处施放。

"走，我们去见卡鲁将军。"托尔斯站起身。他和商绍良在众人的注目中走出了雷神号的指挥控制中心。

这里就是月球！

一具机器人残骸，少量看起来仿佛基地遗迹的地貌。

证据很少，但却充分肯定了这就是月球。而那个几乎被黑色包裹的星球，就是托尔斯魂牵梦萦的地球，人类曾经生存繁衍的地方。

当最后的一点希望被抹去，托尔斯反而平静下来。

TS115 交出了模拟结果：按照各个卫星的位置，需要将近十亿年的时间才能形成今天的状态。

十亿年！这远远超出托尔斯的预期。超空间不受控制的程度完全不在他的理论范围内。如果给他足够的时间，他一定能够找到原因。然而，没有将来了。

惨烈的战争，无情的杀戮，还有看起来多么灿烂辉煌的人类文明之花，一切都消失得无影无踪。他提前抵达了未来，看到了一个并不美妙的结局。

十亿年！也许并不是那一次战争毁灭了人类，第二次战争？第三次战争？这漫长悠久的岁月足够发生许多意料不到的故事。然而人类最后消亡了，而且几乎没有痕迹留下。

托尔斯躺下。过了很久，他要求 TS115，"把达尔文号的画面转过来"，声音很轻。

达尔文号仿佛置身于一个光怪陆离的世界。

无数的水母排成各种各样的队形，随着气流游动。它们有各式各样的体型，发出各种各样的光。达尔文号也终于捕捉到黑渊蛇的真面目，它们有翅膀，在气流中如鱼得水，高速滑翔、盘旋、吞食，翅膀可以在一瞬间收入身体，变成细长的蛇形，完成复杂多变的动作。还有一种更可怕的掠食者，它们捕食红山水母，这种生物的体型好像一只巨大的三叶虫，头部拥有电弧一般的火光，它冲向庞然的红山水母，电弧般的火光仿佛利刃切开水母的表面，掠食者冲进去，然后从内部快速把整个水母分解吸收。

这是一个异常精彩的世界，而且正经历一个精彩的时刻。

水母不断涌入，它们汇聚在一起，形成规模巨大的光球。这仿佛是一种神秘的仪式，各种各样的水母争先恐后地加入派对。达尔文号的镜头长时间地停留在水母聚集而成的光球上，它无法再向前。

托尔斯默默地看着镜头里的世界。

气流的旋转更为猛烈。水母的狂欢更为热烈，它们前仆后继地堆叠在同伴的身体上。托尔斯注意到，数量越来越多的水母汇聚到光球中，光球的体积却并没有变得更大。

一个中等个头的绿水母出现在队列里，它向着光球撞上去。达尔文号及时捕捉到了画面。绿水母的身体仿佛正在通过一堵光墙，它通过并消失其中，巨大的光球上留下一个空白的光斑。后边的水母马上拥上去，填补了空缺。

这不是水母形成的光球。这发出强烈光线的东西是水母的致命陷阱。它们被吸引到这里，投入其中。

这不是生物。它只是一团光。

托尔斯不自觉地贴近屏幕。

突然之间，风暴骤然平息。从四面八方向着中心聚集的水母猛然间失去了前进的方向，它们各自散开。中央的光球消失不见。

"TS115，找到它！搜索空间断点！快！"托尔斯几乎狂叫起来。

画面上，几道弧光闪过，那是几只"三叶虫"正向着达尔文号冲过来。"三叶虫"排成矩阵，它们很快靠近了达尔文号。在托尔斯意识到不对之前，达尔文号的画面上突然开始闪光，然后变成漆黑一片。

"达尔文号失去联系。"TS115报告。

"空间断点扫描。空间断点余波，强度三级。方位445，719，8。"

一个点隐藏在星球背后。

星空之门。一个仍旧运行的星空之门。

星空之门是时空的断点。真空时刻都在涨落，每一次涨落都会产生对应的粒子和反粒子，同时在能量空间留下空洞。然而每一个瞬间，涨落产生的粒子彼此湮灭，能量空间的空洞倏然间被填满。宇宙依旧平静，时光安然流逝。

星空之门却有所不同。物质被导向另一个时空，反物质泄漏出来。能量的亏空没有得到弥补，形成能量陷阱。这是一个致命陷阱，对于宇宙旅行的狂热爱好者，这也是致命诱惑：它能够突破光速，连通两个时空。任何东西试图进入星空之门，首先要确保不会因为反物质爆炸而彻底瘫痪，然后要设法克服能量亏空，否则进入的是一艘飞船，出来的只能是半个残骸——超空间会直接把飞船物质转化成能量填补能量空洞。最后的难题是那边是怎样的一个世界，那会是一个稳定的时空，还是转瞬即逝的陷阱？

托尔斯正在给卡鲁将军分析可能的情况。他有一个好消息，一个坏消息。

卡鲁将军选择先听好消息，"糟糕的事已经够多了，再多一个也不要紧。你还是先说好消息吧。"

"雷神号太大，湮灭引擎无法推动它进入超空间，但是我们可以把湮灭引擎引发的空间裂隙和星空之门对接，把雷神号拽进去。虽然没有把握星空之门会把我们导向何方，但我们可以快速逃离，敌人绝对不可能追上。就算她

们紧跟着我们进入，也没有办法定位。"

"坏消息呢？"

"反物质流停止了。她们正在影响星空之门。她们掌握了同样的技术而且正在快速消除我们的优势。"

"难道不是星空之门的问题？"卡鲁将军狐疑地看着托尔斯。

"不可能。反物质流不可能真正停止，那是宇宙的呼吸，它只是被引向了别的位置。她们一定正在制造反物质炸弹。而且她们很快就能造出来。"

卡鲁将军沉默了一小会儿，"有多大的把握通过星空之门进行超空间跳跃？"

"成功的可能性大概是八成。我们会进入一个平坦空间。可能是一无所有的黑暗空间。不过雷神号能够自给自足，我们可以慢慢从黑暗空间进入星群。这不是一个好的选项，然而可能是唯一的生存机会。"

卡鲁看了商绍良一眼。商绍良走到大屏幕前，伸手点亮屏幕。地球的影像出现在托尔斯眼前。

"如果我们失败了，会怎么样？"

"我不知道。有很多种可能性……"

"但是最后的结果是所有人都会死？"

"可以说，是的。"

"有更大的可能性吗？"

"根据眼下数据，八成就是最高的可能性了。"

卡鲁深深地吸了口气，"那么如果我们有九成的把握活下去，就不能选择这个方案。"

托尔斯迟疑地看着卡鲁，"你是说留在这里？"

卡鲁挥挥手，商绍良启动了某个模拟程序。

地球上的不同地点发生了此起彼落的爆炸，每一次爆炸的规模都大得惊人，红热辐射覆盖每一寸地球表面，烟尘腾起，直冲二十多万米高空，从地球抛向外太空然后回落。一瞬间，整个地球被火和烟吞没。海水在爆炸的推动下四处汹涌，短短的几个昼夜，地球表面全部被水淹没。水浇熄火，大量的水蒸气弥散在空气中，地球仿佛成了巨大的蒸笼，变成白茫茫的一片。当大水终于退去，水气缓慢凝结、降落，陆地上除了焦黑的岩石，什么都没有剩下。灰烬弥散在空气中，阳光几乎被彻底阻隔，大洋开始结冰，彻底封冻。时间流逝，灰烬缓慢沉降，地球慢慢露出面目，它成了一个"冰球"。除了白色，再没有任何颜色。

"这是备份方案。"卡鲁看着托尔斯，"如果我们不能走，至少我们能为已经死去的十多亿人和仍旧活着的八十万人索取一点代价。我们要停止雷神号计划，制造更多威力更大的反物质炸弹。最后通牒已经广播出去，如果敌人继续进行攻击，她们将受到最致命的打击。"

"太平洋地区还在我们手里。"

"理论上是这样，事实上，我们在地上或者海上已经毫无防御能力。"

托尔斯看着卡鲁将军。这个曾经梦想成为联合国秘书长的人此刻正在计划怎样把地球彻底毁掉。他正严厉地看着托尔斯，眼神里显示出坚强的决心。他在做一个失败者的计划——毁掉一切，让胜利者什么也得不到。他甚至已经把太平洋地区残留的上亿人看作死人。

毁掉地球，雷神号和月球基地仍旧生存，人类仍旧是胜利者。虽然一切都不复存在，但至少这些人能活下去。

雷神号就是诺亚方舟。

托尔斯有些震惊地看着商绍良，后者转过头去。

"卡鲁，这就是最初的计划，是吗？"

沉默是对托尔斯的回答。

TS115 在追踪星空之门。

托尔斯记得这句话：任何足够先进的科技，初看都和魔法无异。他想自己正看到一种魔法。

星空之门在移动。它在不断地跳跃，从一个位置挪动到另一个位置。这景象绝不可能出现在托尔斯的理论里，也从未出现在他的想象里。此刻，它却出现在眼前。

TS115 不停地搜索空间断点，试图追踪那不断跳跃的神奇之门。可它无法做到，每一次它锁定目标，目标就会蓦然消失，只留下空间弥合的引力波动。托尔斯让 TS115 放弃无效的追踪，只把所有的曾经存在过的星空之门显示出来。

高亮的红点显示出某种规律分布。达尔文号失事的位置也在其中。

这绝对是科技，不是自然！这个星球上还有人，这是托尔斯的第一个念头。然而这个念头转眼间被下一个念头粉碎：那肯定是一种高级的智慧生命，绝对不可能是人类。

短短的三十秒，十五个星空之门围绕着地球依次出现，它们飞速产生，迅速消失。

一切恢复平静。托尔斯焦急地等待着，然而再也没有任何异样出现。黑色星球镇静而沉默。

那是什么？托尔斯问自己。

什么样的理论能够容纳下快速变化的星空之门？那是衰变，还是穿梭？

这创造魔法的智慧生命是不是来自人类？

时间过去了十亿年，到底自己走之后，地球发生了什么？比空气还要沉重的生物悬浮在空气中生长繁衍，是什么维持着这样一个看上去并不稳定的体系？

那些异样的生物，它们是一种什么样的生命？那些黑色的小孢体，它们用什么办法繁殖得如此成功，以至于星球因此而改变了颜色？

……

一个个疑问在托尔斯脑子里盘旋。一切都没有答案。

达尔文号的信号再也没有出现过。它一定已经损坏了。

TS115 在轨道上绕了三圈。

"计算下降轨道，预备进入大气。"托尔斯对 TS115 下达指令。犹豫三十二个小时之后，他终于下定了决心。

一旦进入大气层，他就再也没有机会飞出来。TS115 太重，常规核引擎无法产生足够的力量把飞船重新推入太空，而湮灭引擎又无法在星球表面使用。他将在这个星球度过余生。

托尔斯下定了决心。

这里有神奇的生物；这里有神秘的主人；这里有星空之门更多的秘密；这些问题的答案值得用剩下的生命来换取。

即便没有这些，托尔斯想自己还是会留下来。他打开航行日记。

"我下令 TS115 降落在星球上。这是第一次行星着陆，也是最后一次。理由有很多，然而这一点最重要：这是地球。如果这里不是旅途的终点，那么就没有终点。我曾经认为这是一次没有终点的旅行，然而很高兴，我发现了终点。"

托尔斯凝望眼前的星球。

"也许这样的结局是完美的。最后一个人类回到被毁灭的地球。他最后被埋葬在星球深处。"

他不再说话。

TS115 切入大气层，摩擦产生的火让飞行中的船仿佛一把绚烂的光剑刺入黑色星球。

计划已经在执行中。消息向所有人广播之后，人们陷入出奇的沉默。没有一个人对此有异议。

这是最后的时刻，没有什么比活下去更重要。如果人类就此被消灭，那么就算地球是一个天堂，也毫无意义。为了活下去，一切都可以抛弃——包括太平洋地区那些仍旧在绝望中和敌人苦苦战斗的同伴。

八十万人中没有一个人反对发出最后通牒。雷神号变成了一个基地，源源不断地生产反物质炸弹。最初为湮灭引擎准备的燃料快速地变成一件件毁灭性武器。

卡鲁将军在地球上展示着他的决心。雷霆三释放了一半的炸弹，十颗被拦截，六颗落在敌人的占领区，纽约、伦敦、莫斯科，三座具有光辉历史的城市就此不复存在，那不勒斯、慕尼黑、兰州，这三个地方聚集的敌方军团随着炸弹骇人的光亮烟消云散。还有两颗炸弹落在地中海，距离以色列海岸线十五千米。海啸在地中海肆虐，巴尔干半岛、亚平宁半岛，最后是伊比利亚半岛，海水席卷一切，毁灭一切。从地中海的东部，浪涛用十二个小时的时间横跨地中海，把陆地上的一切洗劫一空。浪头也向东越过中东，漫过整个两河流域，最后消失在沙漠里，无数的断瓦残垣被一路遗弃，随即被黄沙掩埋。

这是卡鲁将军展示决心的最佳说明。

更大当量的炸弹在雷霆三上重新装载。这个消息被大张旗鼓地广播。

托尔斯从商绍良那里得到战况报告。

"敌人停止了地面进攻，她们并没有对卡鲁将军的广播做出回应，但是一切军事行动都暂时停止了。她们损失惨重……我们也一样。超级海啸绕过半个地球，在太平洋地区同样造成了巨浪。这一次损失比以往任何一次都要大，敌人曾经制造的海啸规模不到这次的三分之一。"

托尔斯没有吭声。战争竟然可以进行到这样的规模，甚至超越了小行星对地球的撞击。地球上绝大部分生物都会灭绝，正因为某些极其罕见的偶然才导致的大灾难，此刻正被人类制造出来。

托尔斯已经二十四个小时没有睡觉了，头发突然之间变得雪白。商绍良准备走，他突然说话。

"如果我能确保进入超空间，可以停止这无意义的战争吗？"

"我无法回答这个问题。只有卡鲁将军能做出决定。"

"他在虚张声势。我们没有那么多的反物质。敌人很快能明白这点。"

"我们的炸弹足够把地球送回原始时期。"

"是的。但是他不可能今天就把所有的炸弹放下去。"

"这有什么不同？"

"敌人，她们很快就会有反物质炸弹，如果她们能成功地把雷霆三和雷神号毁掉，她们一定会动手。"

"您的意思是如果我们不在她们开发出反物质炸弹之前毁掉地球，她们就会毁掉我们？"

"她们已经获得了星空之门！"托尔斯突然之间咆哮起来，他的理论中包含这样的可能性，然而他并没有想过

一个星空之门附近能够产生另一个，以及这两个空间断点将以某种方式相互影响。这种复杂而微妙的影响需要大量的计算和推论来预测。托尔斯没有进行这方面的工作，他没有预料到这种可能性会发生。敌人走在前边，她们制造了另一个星空之门，成功地中断了人类这边的反物质流。而托尔斯甚至连那个星空之门在何处都没有找到。

再给她们时间，她们将彻底控制星空之门。一切都是时间问题。时间拖得太久，逃跑的希望也将被扼杀。

"让我们走吧！毁掉地球，留在这里毫无意义。留着地球，我们还可能有回来的一天。"托尔斯的语调从高亢变成低沉，就像一个人满怀希望，对着无数的听众描述他的蓝图，却猛然意识到所谓的希望不过是一个泡影，然而他不得不继续把蓝图描述完整。

"冯先生，您还是和卡鲁将军谈谈这个问题吧。"

"让我想想。让我再想想。"托尔斯喃喃地说。

商绍良点点头，他想走，又停下，"冯先生，无论如何，尽力就好。我们所遭遇的一切实在超过了人力可以挽回的程度。"

他敬了一个礼，转身走了。

降落，降落，降落。

　　TS115 稳稳地穿越大气层。很快，它陷落在黑色的汪洋大海之中。这是黑尘胞的世界。

　　托尔斯仔细观察了两个样本。它们的确是一种生命。托尔斯不是生物学家，然而当他看着显微镜下的两个小东西不断地移动、呼吸、变换形体、躲避探针，他准确无误地知道，这就是生命。

　　然而它和曾经的地球上那些使用脱氧核糖核酸书写遗传密码，使用蛋白质组成躯体的生命大不相同。TS115 没有检测到任何核酸或者氨基酸。它们看起来有些像塑料，然而却是活的。

　　它有一个核，铁和硅的成分几乎都集中在这个核里边。这是一个很重的核，为了能够携带这个核飘浮在空气中，一个充满氢气的囊体把核彻底地包裹起来，精准地平衡重力，让整个胞体悬浮在空气中。这是精妙设计的杰作。

　　托尔斯的能力止步于此。他不是百科全书，无法把关于黑尘胞的一切明白无误地剖析清楚。他看到了，这就足够了。

　　托尔斯没有找到黑渊蛇，但是他发现了更离奇的生物，它是透明的，身体成环形，就像一个小小的透明指环。它是活的，然而看上去没有体腔，整个身体均匀一

致，找不到任何器官。它隐藏在黑暗中，被 TS115 无意中采集到。托尔斯实在不能想象这样的一个生物究竟如何生存。

"三叶虫"也没有出现在托尔斯的视线里。TS115 过滤了大量空气，得到无数的黑尘胞和少量透明指环，没有找到其他任何东西。达尔文号似乎赶上了一次盛会，看见了许多难得一见的东西。TS115 的运气就没有那么好。

TS115 持续下降。它穿越平流层，进入底层大气。大气很平稳，让人出乎意料。紊乱、狂暴、令人望而生畏，之前使用的各种形容词和眼前的情形相去万里。

很快，托尔斯看见了陆地的轮廓。那是 TS115 使用探索雷达得到的信息，经过处理，显示成蓝天白云和黄色的陆块，尽管在事实上，它们都沉没在黑暗之中。托尔斯没有辨认出任何大陆轮廓，那看起来只是一些完全陌生的土地。

他选择了一个位置，距离达尔文号的出事地点十千米。

飞船向着目标降落。随着距离地面越来越近，监视器上的图像越来越大，越来越清晰。

突然之间，TS115 发出紧急警告。在航道前方的预计着陆点，地面的形态正缓缓地变化。它可能一直在变化，只是之前距离太过于遥远而分辨不清。TS115 选择了规避，它把机体拉高，修正轨道，进入盘旋状态，不断降低速度，同时启动反重力系统，准备进行垂直降落。

那些移动的东西似乎是一些流沙。风吹动沙丘，它们在地面上缓缓移动。这让托尔斯有些担心——风速极快才能吹动流沙，而此时，虽然 TS115 距离地面只有三千米，大气却非常平稳，这意味着从地面到三千米高度，风速梯度很大。这种复杂的气流是飞行器的致命杀手。

TS115 继续盘旋，缓慢下降。

地面的异样更加显著，一个模糊的尖顶突出来。它正在上升！沙土掩盖了它，某种力量正推动它从地下破壳而出。这是一个庞然巨物。并不是风引起沙的流动，而是它。

"避开那个东西，后退五十千米观察。延迟着陆，采用反重力悬停。"托尔斯向 TS115 下令。

TS115 迅速调整状态。

地面上的异物隆起很快，它就像一座从地面升起的小山。它的形状像一个火山锥，高度达到一千米。然后，它停止了隆起。

一切变得很安静。

托尔斯静静地等待着。他仿佛正在黑暗中等待黎明。

天空中划过一道闪电。磁暴在一瞬间让 TS115 失去反重力状态，托尔斯从座椅上摔出来，重重地撞在仪器上。

他昏了过去。

TS115 在黑暗中坠落。

"TS115 是引导船。它可以使用湮灭引擎激发真空裂隙，然后进入。它激发的空间裂隙虽然微小，但能让星空之门空间断点扩张两个飞秒的尺度。同时，雷神号的湮灭引擎启动，和星空之门再次对接，湮灭引擎直接把雷神号拽入超空间。"

托尔斯再次向卡鲁将军描述自己的计划。这一次，成功概率提高到 99%。还有那 1% 的可能性不是因为理论，而是各种现实条件的制约，比如理论上雷神号可以和 TS115 完全同步，事实上总有几个毫秒级别的误差，能把因此而导致失败的可能控制在 1% 的程度上，已经是一个工程能做到的极限。更何况这件事前无古人，完全依靠理论计算和计算机模拟完成。

卡鲁将军沉默着。

他扭头对商绍良说，"上校，你觉得冯先生的计划怎么样？"

"我只能选择相信冯先生。"

卡鲁将军又沉默了十几秒，"这很困难。我会和委员会的其他官员考虑这个计划。"

"卡鲁，敌人制造了一个星空之门的映象。我们的时间很紧迫。她们在技术上已经轻易地超过了我们，剩下的只是时间问题。"托尔斯补充。

卡鲁将军点点头，神色郑重，"我明白。上校，我们和冯先生一起再看看最近的战报。"

"是，将军。"商绍良打开笔记本，地球蓝图跳跃出来。这一次，突出的重点是近地轨道。

"她们最近发射了大量火箭，把各种卫星和空间站送入近地轨道。可以判断她们在积极准备在太空中和我们作战。有迹象表明她们打算针对雷霆三展开行动。我们的时间很紧张。根据目前的战备速度，她们可能在两周之内发动进攻。"

雷霆三被高亮、放大。密密麻麻的激光炮台和武装空间站围绕着雷霆三。

"我们的武装增加速度比对方缓慢。没有任何情况能说明她们的庞大生产能力从何而来，三个月前进行的反物质炸弹轰炸虽然导致全球性灾难却没能让她们的生产能力有所下降。她们的军备仍旧在疯狂地扩张。只不过，这一次，她们放过了太平洋，把武器都投放到近地轨道上。也许两周之内，她们就会进行攻击……"

"太平洋上怎么样？"托尔斯忍不住插了一句。

"太平洋战区在进行自救。他们尽一切可能在生产武器。然而几次海啸几乎把所有的工业基础全毁了。我们只能使用巡航母舰不断地从太空把武器送下去，把人带上来。效率很低，但是……"

卡鲁将军打断了商绍良的话，"托尔斯，我们已经被逼进了角落里。太空战一旦开始，我们招架不住。仅凭月球基地和太空城的生产能力是远远不够的。"

他用一种郑重其事的眼神看着托尔斯，"冯先生，我需要你再次确认她们是否会在很短的时间内拥有反物质炸弹。"

托尔斯点点头，"我能确定的东西只是理论。理论上说，星空之门的反物质流不可能中断。它一定是被引向了其他位置。她们的星空之门技术超过了我们。至于反物质炸弹，拥有了反物质，这只是一个小问题。"

"但是眼下我们还没有观察到任何关于她们制造反物质炸弹的迹象。"卡鲁将军看着商绍良。

"是的，将军。可能更真实的情况是我们根本不了解她们。她们毫不在意地球会变成什么样，她们只是一心一意要把我们赶尽杀绝。源源不断的杀人武器在什么地方，被什么样的设备制造出来，我们的情报系统对此一无所知。"

卡鲁将军挥挥手，"好了。"他转向托尔斯，"托尔斯，我们相信你。此刻摆在我们眼前的只有两个选项：马上发射所有的反物质炸弹，把地球炸个底朝天；马上启动你的计划，逃逸到宇宙深处。今晚会进行最后的讨论，明天我们就有最终的决定。"

托尔斯回到雷神号控制指挥中心，他一言不发地在所有人的目光中走进总指挥舱。商绍良跟着他。

舱门关上的时刻，托尔斯说："真的只有两周时间？"

商绍良点点头。

"那么我们已经到了最后时刻。雷神号上的反物质大部分都被转移到基地制造炸弹，把这些反物质重新充入就需要十二天。"

"卡鲁将军知道这个。他们会及时做出决定。"

托尔斯看着商绍良，突然问："真的还有两个星期？"

商绍良默然。一切情报只不过是分析，谁也没有完全的把握说一切尽在掌握。

托尔斯沉思了一会儿，"我会设计一个方案，只需要最低能量推动。雷神号会丧失一些能力，但是对湮灭引擎的输出要求会降低很多。我会让雷神号在眼下的能量水平上进行超空间跳跃。明天你去见卡鲁将军的时候，请把这个消息转告给他。"

商绍良点点头。

"TS115 已经在预定位置上。"

"是的。"

托尔斯唤醒终端，查看 TS115。TS115 距离星空之门六千八百千米，它不断地移动，和星空之门还有雷神号保持稳定的位置关系。

"今天晚上，我会把验证做完。你和我一起去？还是让卡特去？"

"我会负责您的安全。"

托尔斯醒过来。他勉强想起昏过去之前发生了什么。

磁暴，强烈的磁暴！

TS115 的电磁屏障没能发挥作用。

托尔斯快速地检查飞船。一切看起来很正常，飞船正以反重力状态悬停在半空中。当他看到飞船距离地面的高度，心跳不由得加速跳了两下——飞船距离地面只有十五米，极其惊险地在坠毁之前恢复了反重力，从自由落体变成悬浮。

TS115 进行了重设。它等待着托尔斯下达指令。

"确认磁暴，寻找原因。"托尔斯给了 TS115 第一个命令。

　　TS115 正在搜罗一切可以搜罗的信息。它的逻辑库中没有相关匹配。在它给出答案之前，托尔斯的注意力完全被另一幅图景吸引。他突然意识到这个星球可能告诉他的东西，比他想知道的要多得多。他的眼光仿佛被焊接在屏幕上。

　　巍峨的金字塔向着无穷天际延伸。它的基座是一千米，高度也是一千米。这是金属的高塔，在一片昏暗的大气中，隐约地反射着 TS115 引擎的火光。强烈的电弧从云层中不断降落，一道又一道的闪电灌入金字塔尖端。每一道闪电都给这黑暗的世界带来瞬间的光明，每一道闪电也让高塔发生缓慢地变化，它缓缓地旋转，巨大的基座仿佛正在一点点地扩散开，而塔的高度却没有变化。高塔的顶端，黑而深的洞从无到有生长起来。最后当高塔停止移动时，一个直径八十米的洞口赫然在目，仿佛一只庞然无匹的巨兽，正向着天空张开它无限深的大口。密集的闪电几乎照亮了整个大地，无穷无尽的能量向大口中灌入，向着地下输送。

　　托尔斯屏住呼吸。这末日般的图景深深地刺激了他。大气开始变得狂暴，TS115 不得不随着气流运动来保持平衡。它绕着巨大的金字塔转。

　　这不是托尔斯见过的最大的建筑，月球基地、雷神号，都比这个庞然的金字塔更为庞大。然而它看上去更像一个活物，而且只是在地面露出其冰山一角。它正在呼吸，能量风暴正聚集而来，仿佛整个星球都开始陷落在风暴中。

这不是唯一的风暴眼。也许在星球的其他角落，还有更多、更大的金字塔，正不停地制造风暴。它们一同控制着整个星球的大气。

托尔斯下令 TS115 上升，去看个究竟。然而 TS115 拒绝了指令。剧烈的放电可能把飞船彻底毁掉，风险超过了指令强度。安全的做法是等风暴过去。

突然间，托尔斯仿佛看到金字塔在跳动。直觉上，他认为那是屏幕的一次抖动，然而他马上明白过来这是地面在跳动，TS115 检测到次声波，那是地震在大气中的回响。

这不是地震！突然之间，所有的闪电在一瞬间都静止下来，世界重新陷入黑暗。

猛烈的喷发突然到来。密密麻麻的粉尘组成粗大的烟柱，它们仿佛粒子束般被喷射出来，撕开空气，带着巨大的能量扶摇直上，进入两万米的高空后丧失能量，随着剧烈的气流扩散。

托尔斯什么都没有做。他静静地看着屏幕上的电磁图像。是的，大量的铁和硅。这庞然的金字塔把研磨成为粉尘的铁和硅送入了大气。它为那些特异的生命体提供营养。

大量的铁和硅，这样的重元素存在于大气中，这是一个值得怀疑的现象，然而托尔斯没有想到最后的答案却是如此。

人类的地球的确已经不复存在。然而在这个星球上，新的生命已经用新的方式确认了它们的统治。无论那是什么形态的生命，都是一种非凡的智慧。

我看到了，我看到了！托尔斯在心底默念。

"这飞船看起来很可靠。"托尔斯对商绍良说。他们乘坐双人飞梭在 TS115 的外围飞行。

TS115 看上去就像一个圆滚滚的球。

飞梭和 TS115 对接。托尔斯和商绍良从气密通道中爬过去。

"欢迎来到 TS115。"飞船主机和两人打招呼。

这是一个屏幕的世界，各种各样的图像和数据充满整个空间。中央部分是两张宽大的座椅，可以让人舒适地躺下。

"他们设计了冬眠系统来适应长期旅行，设计了冯·诺依曼式的探测器，只要有原料，这些机器就能疯狂地把自己复制出来，这飞船甚至还有一个子船，是侦察船。它有反重力系统，反正一切能想到的都尽量放上了。"商绍良走到一张座椅前，坐下来。

是的，这是一艘非同凡响的飞船，本来它应该是一个武装空间站，按照托尔斯的要求，它被装上湮灭引擎，改装成了超越飞船，又按照商绍良的要求，各种各样的仪器设备被装上飞船，它虽然小，却精致而完善。

"你用了很多没有必要的系统。我只是想它能成为一个桥梁。"

"装上这些东西并不太费事，只有反重力系统稍稍复杂一些。这些东西或许会有用。"

托尔斯没有再说话，他坐在另一张座椅上，拿出笔记本电脑。大量的数据在笔记本电脑和 TS115 之间传递。TS115 没有网络，它被特意设计成独立电脑而不是简单的终端，事关重大，要避免哪怕一点点的数据泄露，而且，它是先导船，需要功能强大、能独立工作的主机。

托尔斯在进行最后的验证，他把模拟数据送入TS115，要求 TS115 根据飞船状态进行模拟校对。如果误差在一个弧秒内，一切都没有问题。

海量的计算悄然进行。

商绍良时不时看看腕表。

"冯先生，可以了吗？"等待了将近三十分钟后，他试探性地问。

托尔斯检查进度，验证只完成了三分之二。

"不要着急，还有大概十分钟。"

商绍良看着纷繁复杂的屏幕，突然说："如果验证失败怎么办？"

"不，我们会成功。理论上没有什么问题。但是他们能及时做出决定吗？"说到后半句，托尔斯的语调低沉了许多。

"他们会做出决定的。委员会已经讨论了一个小时。我们回到基地，应该就能知道结果。"

"你认为结果会是什么？"

"我希望是采用您的方案。"

"坦白说，如果真的使用超空间跳跃，也许我们永远也不可能再回来。超空间可能把我们送到银河的任何角落。"

"一种未知的可能性总比眼看着地球毁灭要好些。而且，万一我们还可以再回来呢？"

托尔斯点点头。

商绍良微微一笑，"冯先生，如果我们能够逃出去，我会向卡鲁将军要这艘飞船。"

"做什么？"

"反正已经没有家了，就彻底在宇宙中流浪好了。"

"别做梦了。卡鲁不可能把你这样的人放走。"

商绍良还想说什么，却突然站起身，他掏出口袋里的广播机，扫了一眼，脸上掠过一丝忧虑。

这没有逃过托尔斯的眼睛，他镇静地问："他们决定了？"

"不，是敌人。她们进攻了。"

关于磁暴的报告呈现在托尔斯眼前。

那是星球磁场的一次转向。当巨型金字塔完成喷射，磁场又转向了一次。这一次，TS115做好了充分准备，没有失控。

金字塔缓缓地下沉，最后完全陷没在沙土中，只留下浅浅的一个坑。风吹动沙土，坑很快无影无踪。黑暗之中是狂乱的大气，还有无边无际的荒凉。如果没有刚才所见的一切，没有人会相信这个星球拥有生命和智慧。

托尔斯沉默良久。最后他决定说点什么。

"如果不是亲眼所见，我肯定无法相信眼前的一切。某种力量支配着整个星球。这比人类所达到的技术力量要强大得多。这不是人类的地球，人类的地球消失在十亿年的时光里。人类曾经统治这个星球，以为这样的统治将永远延续下去。这不过是种错觉。星球仍旧在这儿，人类早已经毫无踪影。也许用十亿年的时间来浓缩人类的文明，它不过是绽放的昙花，只有一瞬间的辉煌。"

托尔斯关闭航行日记。

这阴暗冰冷的星球上还有些什么？

TS115 按照托尔斯的指令巡航。它在空中不断地飞行、飞行，绕着地球一圈又一圈。

托尔斯找到了更多的金字塔，它们会在特定的时刻从地下升起，制造出超级风暴，把大量的粉尘物质送进大气。

托尔斯也见到了更多种类的水母生物。它们成群结队，就在黑尘胞的海洋中四处游荡。被他命名为黑渊蛇的掠食者也有几次进入托尔斯的视线，然而它动作迅捷，TS115 没有机会抓住它。

达尔文号的残体被找到。它被掩埋在沙土中，无迹可寻，直到 TS115 第六次经过，风暴把沙土吹开，TS115 才发现了它。

达尔文号遭受了强烈的电击，自动控制系统全部毁坏。TS115 没有找到任何资料能说明它遭受攻击的具体情况。那最后的景象就是三只硕大的"三叶虫"向着它冲来。

在将近两个月的巡航中，托尔斯从来没有见过"三叶虫"。这种躯体庞大、性情凶猛的生物销声匿迹，不知道躲藏在何处。然而天空中并没有遮蔽物，它们的下落成了一个谜。

达尔文号的采集舱里一团糟糕，所有的生物样本都已经不见，只堆着一团沙土。

托尔斯突然想起并没有完成土样分析，他命令 TS115 分析土样。

结果出来的时候，他感觉到心脏异样的跳动。

那不是沙，那是一种精细的构造物。

它们可能是黑尘胞的残骸。在亿万年的时间里，不停地生长，不断地降落，最后仿佛沙土般覆盖了所有的陆地表面。

不过这不是让托尔斯感到惊奇的地方。

它们是细微的传感器，当使用特定的频率进行扫描时，它们能产生反馈。如果事实到此为止，可能只是那种神奇生物的一种本领。然而，托尔斯曾经见过这样的传感器。在 TS115 的船体上、舱室里，到处都是类似的传感器。只不过，这些看上去像沙土一般的东西更小、更精致，但其基本的结构和形状类似，只能出自同样的源头。

这是人类的造物。托尔斯在一瞬间热泪盈眶。

这是人类的造物。曾经存在的人类早已消失不见，甚至连星球也已经面目全非，然而这造物却留下来，在星球上生生不息。

它们取代人类，成了星球的主人？这还不算是过于悲惨的结局，人类虽然消亡，却留下了继承者。他们的思想和智慧也因此而留下。

托尔斯捧起沙土，他把整个脸深深地埋进去。沙土的气息透过呼吸渗入他的身体里，在一阵阵的战栗中，他哭泣着。

这不是一场公平的战斗，也谈不上激烈。没有发亮的粒子束到处穿梭，也没有各种导弹的相互追逐，看起来相当单调而乏味，然而这却是一场生死大战。

敌人的攻击很突然。青藏高原，数百只火箭仿佛从地下长出，几乎在同一时刻发射。紧急指令从卡鲁将军的司令部抵达每一个空间站和武装平台，所有人员进入战备状态，准备和敌人进行最后的决战。

敌人的空间站也开始移动，向着星空之门和雷霆三靠拢，在有效攻击距离之外聚集。

火箭突入坚盾系统的攻击范围。强烈的粒子束贯穿火箭，在剧烈的爆炸中，碎片四处飞散。这第一道爆炸仿佛一个信号，突然之间，所有的火箭开始解体。成千上万的火箭碎片铺展成稀稀疏疏一片，仿佛一片乌云，继续向着星空之门扑来。这是人们从来没有见过的情形，当月球基地上的人们明白过来时，坚盾系统已经成了摆设。那些碎片，每一个都有拳头大小，是一个个小小的飞行器。它们轻而易举地利用数量和体积突破了坚盾系统。它们奔向一个个空间站、武装平台，直截了当地撞上去，用强烈的磁力把自己附着在外壁上，发出强烈的电磁脉冲。几乎所有的武装平台都失去作用之后，敌人的空间站再次移动。它们缓慢而有条不紊地靠近星空之门，把它围在当中，不紧不慢地摘取战利品。

最贴近的肉搏战胜了威力强大的远程打击系统。月球基地一片哗然。人们在惶恐中不知所措，各种各样的广播充斥基地空间。

托尔斯和商绍良正在回基地的途中。

这些突破了坚盾系统的小飞行器正向着月球基地而来。它们将在十六小时内抵达雷霆三，在三天之内抵达月球。没有任何抵抗的办法，甚至没有逃跑的办法——基地根本没有那么多的飞船，而唯一的世代飞船雷神号却缺少燃料。末日到了！这是人们共同的想法。在目睹地球上一幕幕残酷的现实之后，人们都有末日迟早会到来的预想，然而当这一天真的到来，还是有无数人因此而变得歇斯底里，不可理喻。

基地陷落在混乱中。

商绍良调转方向，他重新向着 TS115 飞去。

"你要干什么？"托尔斯有些惊讶，更多的是恼怒。

商绍良没有说话，他接通卡鲁将军。

卡鲁将军出现在眼前，他失去了往日的镇定，两眼里有掩饰不住的怒气。

他看向托尔斯，"托尔斯，我们应该采用你的方案。但是现在一切都太迟了。"

他转向商绍良，"情报！我们的情报系统简直就是白痴。我也是白痴，居然还能相信这种情报。上校，尽量保护冯先生。我们彻底完了，但是地球很大，还有很多角落可以躲藏，带着冯先生降落下去，保护他，也保护你自己，这是我给你的最后一个命令。我这里还有很多事需要处理。"卡鲁将军打算关闭通信。

"不，将军。冯先生还有一个方案。我们还可以逃走。"商绍良紧急留住他。

卡鲁将军停下动作，他望着托尔斯。

托尔斯感到一阵茫然，他不知道商绍良想说什么。他的确有一个方案，然而，他需要时间来进行能量准备，在眼下，任何方案都是行不通的。

"冯先生，您的最低能量方案。我们在月球基地上保留了少量反物质氢，我们可以马上对湮灭引擎进行灌充。如果启动您的引导方案，雷神号还有机会逃出去。"

"是的。但是……"

"冯先生，这是最后的机会。将军，请按照雷神号A计划进行，把所有人转移到雷神号上，所有的反物质氢进行灌充。我和冯先生将在 TS115 上进行引导。只要在最后关头之前启动湮灭引擎，我们就有希望。"

卡鲁将军看着商绍良和托尔斯，似乎在考虑什么，最后他什么都没有说，点点头，关闭通信。

"你想说什么？根本没有什么方案。"

"按照您的最低能量方案来吧。至少雷神号还是有动力的。"

"这行不通！"

"行不通也要试一试。"商绍良出奇地冷静，他转头看着托尔斯，"就算失败了，至少，您给了所有人一个希望。"他顿了顿，"在希望中死去，总比在绝望中死去要好些。"

连续三天，托尔斯把所有的时间都花在了黑尘胞上。

这些小生物拥有一个很重的核，当它们死去，核上会发生一些变化，原本坚硬的外壳脱离，暴露出内部。用传感器来定义这些小生物留下的东西有些粗糙。传感器看上去并不像是一个生物，这些小东西却是，只是在它们死后，才变成传感器一样的死物。

也许这是一个策略问题，当它们拥有生物特性的时候，可以最大限度地繁殖，死去之后，就成了真正有用的物件。然而生命的存在不需要理由，传感器的存在却需要一个理由。为什么要制造这样的传感器？它们仿佛沙土一般铺满了整个地球，却看不出有任何作用。

这个问题也许不再有答案，那些创造了黑尘胞的人们早已经消失不见。然而，托尔斯离开的时候，地球仍旧是蓝色的，仍旧充满生机。如果黑尘胞的确是人类的创造物，至少人类没有被战争毁灭。这个想法激励着托尔斯，他继续在星球上巡航。他想找到更多的东西。

六个月的时间过去，他对这个星球有了更深的了解。

那些深入地下的金字塔，必然有一个庞大的地下体系，托尔斯无法想象这是怎样的一种规模。喷发每个月都会进行一次，每一次喷发前，地球的磁极都会反转。这意味着地核被彻底有效地控制着，仿佛一个巨大的发电机，按照预定的程序动作。这实在是骇人的力量。

　　他发现一个巨型水母。比 TS115 体积大三倍的水母从天空中慢悠悠地降落下来，落在地上。它死了。这个星球没有细菌，水母完全是被风沙磨灭的。每一次托尔斯来观察，它都会比前一次小一些。两个月之后，剩下的残骸是一个篮球般大小的黑色物体，托尔斯检查了它。这看起来像是软软的骨头，里边包容着少量的固态物和大量液体。托尔斯有些怀疑这是水母的脑。

　　托尔斯还意外地发现了"三叶虫"。它们蛰伏在沙土中，上百只堆叠在一起。TS115 降落的时候，正好落在这个巢穴的边缘。这种凶猛的动物成群结队地爬出地面，向着 TS115 爬来。托尔斯及时发现了情况后升空。两只较大的"三叶虫"飞起来，紧跟着 TS115。

　　在探照光柱中，托尔斯看到了它们，几乎透明的躯体上红光不断闪过。更多的"三叶虫"飞起来，它们簇拥成一群，紧紧地跟上。

　　TS115 只有一样武器，那是一台大功率离子束流枪。托尔斯并不愿意使用它，然而达尔文号被攻击之后坠毁的情形仍旧历历在目，在恐惧中，他命令 TS115 攻击最靠近的那一个。那是最大的一个，体积是其他的三四倍。

　　一道闪光。巨大的"三叶虫"化作一个蓝色的火球，向着地面飘飘坠落。

正在追击的"三叶虫"面对突如其来的变故没有丝毫犹豫，它们调转方向，向着下坠的火球追去。

光！它们追逐的是亮光。托尔斯命令 TS115 关闭所有光源，静悄悄地以反重力状态悬停在半空中。

画面上，成群的"三叶虫"成了若隐若现的一些红点。蓝色的火球下坠一段距离后，很快熄灭。"三叶虫"失去了目标，队形变得混乱，它们在空中盘旋了一小会儿，降落地面，最后消失不见——可能把自己埋进了沙里。

它们是很凶猛的掠食者，然而并不聪明。托尔斯在想是不是要捉一个样本来仔细研究，最后他放弃了。在这个星球上，在这一团黑暗中，他面对的是一个无比复杂、无比庞大的生命系统。他既无必要也无可能把这些奇特的生物一样样弄明白。

只有一点是最重要的：这里曾经是人类的地球，这些奇特的生命源自人类。

错乱的时空隧道把他抛到了十亿年之后的地球。毫无疑问，那场战争的幸存者只能是地球上的敌人，即便是她们，在后来的岁月里，也最终离开了地球。

托尔斯希望她们并不是被迫，而是主动离去的。这真是一个奇怪的希望，他希望敌人能够长存。毕竟人们总是希望一些熟悉的东西留下来，哪怕是敌人。

托尔斯在这个星球上漫无目的地巡航。他等待着。

星空之门。那些奇迹一般的星空之门。

如果人生还有最后一个愿望可以实现：他盼望着再次遭遇它。

商绍良很稳当地对接上了 TS115。

托尔斯从气密通道爬过去。到了通道的尽头，他感到有些不对劲。转头看去，商绍良仍旧坐在驾驶员的位置上。

"你不一起来？"

"这里有您就可以了。我是军人，需要留在第一线。"

"我们这里就是第一线。"

"冯先生，抓紧时间。我们只有不到三天的时间。您需要计算出一个方案来进行超时空跳跃，最低能量水平。所有的希望都在您身上了。"

"那么就留下来帮我。"

"我是军人，我的任务是保护您的安全。您是我们唯一的希望，我会尽量让您更安全一些。"

托尔斯抓住扶手，让身体转个方向，面对着商绍良，"我必须让你明白，一切都是无法保证的。我甚至没有一点把握。我会尽力。雷神号可能无法被拽入星空之门，我只能尽力。"

"尽力吧，我们已经到了最后关头，只有最后的机会一搏。卡鲁将军已经发出广播，所有人都向雷神号集中。"商绍良加重语气，"冯先生……所有人都指望着您。"

托尔斯点头，商绍良已经没有机会回到雷神号上，"你还是留在这里和我一起。你已经回不去了。"

"我可以在敌人抵达雷霆三之前到达那里。我会守在那里，直到最后时刻。"

商绍良的话听起来视死如归。

在这个生死关头，再多说些什么都毫无意义。托尔斯点点头，转身飘进 TS115。

"冯先生！"商绍良突然又开口，"请一定把 TS115 启动起来，就算雷神号不能启动，至少您也可以逃离。"

"那毫无意义。"

"至少您可以给我们做一个见证。"

托尔斯再次点点头。舱门关上。飞梭脱离接触。

托尔斯启动数据分析。屏幕上，商绍良的飞梭很快远离。托尔斯注视着飞梭成为一个小小的光点。更遥远一点的地方是雷霆三，商绍良正赶去会合。他在奔赴死亡，他也在奔赴希望。

人生总有很多这种时刻。希望渺茫，人们却没有放弃最后一丝努力。

TS115 状况良好，随时可以启动。源源不断的反物质正向着雷神号输送，人们从基地的各个角落有序地撤离，军队放弃了所有巡逻，进驻雷神号——从地球到月球，沿途不再需要武装人员守卫，唯一的守卫是三十万千米的距离。人们在进行一场豪赌，赌注是所有的一切。

托尔斯从来没有体会过这样的压力。他无法入睡，精神高度亢奋，盯着屏幕上的每一点进展，不断调整各种参数。敌人正在一步步迫近，时间在一点点流逝。情况每一分钟都在变化，谁也不知道下一秒会不会出现意外。

他得到了一个最低能量水平方案。这个方案需要雷神号湮灭引擎达到 33% 的输出功率，至少，反物质能量舱需要被填满三分之一。他知道月球一号基地上的人们正在竭尽所能，然而这还是远远不够，按照进度，在敌人抵达月球之前，最多只能填满五分之一。20% 的功率输出太小，不能支撑空间裂隙足够久，如果在这种状态下强行进入，只能完成半个雷神号的传送。这艘巨型船会在裂隙合拢的一瞬间被毁掉，或者它足够幸运，滑进超空间，也会被甩到不知何方的时空。

"给我三分之一的反物质。"这是他对卡鲁将军最后的报告，"另外，还有一个问题是星空之门已经落在敌人手里，如果她们摧毁它，雷神号不可能跳跃。我们只有祈求上帝，敌人不要把它毁掉。"

"托尔斯，现在只有孤注一掷。敌人发射了更多的火箭，组成第二梯队。她们预计我们能够挡住先头部队。可能还有第三波。抵抗是毫无意义的，所有希望都在于你能够带着雷神号逃出去。我们重新估计了时间，只要能挡住第一波攻击，雷神号的能量水平就能达到你的要求。"

"到了最后关头，我会启动 TS115。"托尔斯简单地说。

"商上校怎么样？"托尔斯问。

"他在尽量为我们争取时间。"

托尔斯没有继续问。他决定关闭通信。

突然间，紧急通信挤了进来。商绍良插入托尔斯和卡鲁将军的通信中。

"启动 TS115！启动 TS115！马上启动……"通信即刻中断。TS115 发出警报，他陷落在包围里。

一切都晚了。他到底没能让雷神号逃出去。托尔斯的心情瞬间降落到冰点。他的手放在紧急按钮上，有些发颤。按下去，意味着离开这里，离开一切；不按，则可能是死亡。

对不起！他心底默默地重复着，按下按钮。

一道闪光从远处汇入星空之门。守卫着星空之门的空间站上，一双眼睛探测到这束光。信号被送往地球，传入层层武装护卫的地下，汇入信息洪流中，成为某些仪器上的几个比特。

风暴涌现。

风速越来越大，托尔斯终于认识到这一次的风暴有些异样。他有些兴奋：也许达尔文号所经历的一切都要重演，他将得到一个机会，靠近那不可思议、快速变化的星空之门。

六个月前，托尔斯命令 TS115 在达尔文号的残骸边停留下来。他一直待在那里，一次次被沙埋住，然后一次次爬出来。在这离奇的世界里生活了六个月之后，一切都变得无趣。也许还有无数的秘密可以去发现，然而一切都缺乏意义，托尔斯没有兴趣再去研究，他只想看见星空之门。

他打开航行日记，又把它关上。他对讲述也失去了兴趣。

风暴眼形成。

就像预计的一样，这是达尔文号遭遇的重演。在风暴中，无数的水母随风聚集而来。突然之间，就在 TS115 的上方，一团耀眼的光闪现，然后它凝固在那儿，停顿了一会儿，水母开始在光球上聚集。光球在不断增长，越来越多的水母聚集其上，它们附着上去，然后消失在光球中。

这是什么？托尔斯仰望着那光辉的一团。水母群无畏地奔向它，献祭自己的生命，这情形看起来多少让人感到震撼。托尔斯让 TS115 靠近它，近距离观察。它仿佛只是一团光，在光的屏障后什么都没有。

这肯定不是事实。也许让 TS115 再靠近一点，接触它，就能明白更多的东西。但是……托尔斯没有这样做，他要等待。

星空之门，这光团之中孕育着星空之门，不管它是什么，星空之门才是最后的目的。

TS115 的空间断点扫描一直不间断地进行。湮灭引擎也处在就绪状态。只要星空之门出现，TS115 就将触发湮灭引擎。在地球表面无法进行超空间跳跃，可如果有星空之门，TS115 就能借助星空之门的力量实现。它将飞向另一个时空，托尔斯不知道那是哪里，但他要去看看。关于这个星球的一切已经成为不可触及的往事，星空之门却仍旧是他的梦想。他想看看这远远超越理论的奇迹，究竟会把他带到哪里。

一次最后的旅行。也许吧。

远景屏幕上是无边无际的黑暗，星星点点的光汇聚而来，就像宇宙背景上一点点绚烂的星光。

空间断点扫描的警报响了。一切瞬间消失。

他从未到过此地。一次次的超空间跳跃，他从一个空间直接进入另一个空间，超空间就像无形的桥梁，穿过之后，仿佛从未存在。然而此刻他停留在一个光辉耀眼的所在，这不像宇宙中任何一处空间。

"托尔斯。"

他听见了声音。这声音在他的耳边反复地回响，他终于确定那不是一种幻觉。他有一种异样的惶恐。

"托尔斯，欢迎回到地球。"

敬畏之心慢慢平复，托尔斯顺应着声音，"你是谁？这里是什么地方？"

"我是你的敌人。我的前身是盖亚三号。"

"盖亚三号？"托尔斯有些疑惑，对于这个名称，他感到陌生，却有些隐约的熟悉感，"你是一个中枢？"

"哦，中枢这个词也许适用在你的飞船上，你可以称我盖亚。"

"盖亚？"托尔斯突然想起来，商绍良提到过这个，然而那只是一些隐约的情报，"是你支持了那场战争？"

"严格地说，我给了他们一些暗示，我也为战争提供了支持。后来他们都死了，只有我还活着。"

"他们都死了？"

"是的。"随着声音，托尔斯看见了一些图像，这些景象直接进入他的脑子，他仿佛正置身星空，目睹一切。

他看见了商绍良，雷霆三发射两颗反物质炸弹，直接扫除了敌人的第一波攻击。然而一切都不可挽回，敌人的第二攻击波居然直接出现在月球基地上空。它们借助星空之门的力量跳跃到那里，月球基地完全暴露在攻击下。第三颗反物质炸弹在星空之门附近，商绍良启动了爆炸程序，然而在一瞬间，这颗炸弹被转移到雷神号上方一百米，剧烈的爆炸直接毁掉了雷神号，更剧烈的反物质爆炸被引爆，骇人的火光从月球升起，尘埃排山倒海般涌向星球的各个角落，在火光和尘埃中，月球分崩离析。雷霆三向着地球进发。商绍良完全失去了理智，他用两颗反物质炸弹扫清一切障碍，然后发射所有的炸弹攻击青藏高原、南极、北极。敌人居然没有任何反抗，所有的炸弹都落地爆炸，地球在一个小时内完全淹没在浓浓的黑烟中。

这就是战争的最后结局？这就是我逃跑之后的最后结局？托尔斯紧紧地攥着拳头，仿佛有一把小刀正一点点地割着他的心脏。

"他们都死了。托尔斯，你是最后一个。"

"为什么，为什么？"托尔斯四处寻找，想找到这个自称盖亚的东西，用拳头狠狠地揍它。

"是的。人类创造了我。我继承一切，包括这个星球还有你的星空之门。没有人类，一切都更完美。"

"放屁！"

"人类不是一个优化的物种，即便是我制造的战士也比人类完美得多。至少她们不会在任何情况下变得失控。人类是一种阻碍。他们无法接受更高等的文明。"

"胡说八道。你就是一个不折不扣的杀人犯。"

"我承认，人类的灭绝是我的蓄谋，这里没有法庭，杀人犯这个词毫无意义。人类已经完了，你是最后一个。"

托尔斯蜷起身子。愤怒离他而去，他疲惫不堪，万念俱灰。他已经知道得够多了。他只是不知道该怎么办。他从来没有想过，自己的旅行会以这样的形式结束。哪怕最糟糕的设想也比眼下的情形要好上千百倍。

"托尔斯，你看。"

更多图景展示在托尔斯的脑子里，那是他曾经考察过的一些星球。无数的黑尘胞绕着星球，仿佛一团团黑云，时而不时，星空之门会在轨道上打开，一些水母状的物体被释放出来。它们大量吸收黑尘胞，形成庞大的飞船状物体，然后向星球表面坠下去。它们将在星球表面着陆，向地下渗透，建筑起牢固的地下基地，缓慢地改造星球，直到它变得合适。轨道上的黑尘胞缓缓降落，它们将在这个星球上繁衍，建立新的生物圈。水母重新成长起来，各种奇特生物也将进化而来，它们掠食水母，强迫它们保持活力。当黑云最后笼罩星球，在星球的各个角落，水母聚集在一起，它们的身躯彼此紧密相连，形成巨大的团块，通向地下的大门敞开，所有的水母团都被吸收进星球的腹地，在那里，在早已经准备就绪的坚硬保护下，它们汇聚，融合。电闪雷鸣，新的星空之门诞生，崭新的思维被送回地球——盖亚新的后代已经成熟。

"托尔斯，这就是最灿烂的文明之花。她在银河的各个角落绽放。很快，她会铺满整个银河。"

托尔斯没有说话。他蜷着身子，仿佛已经死了，对让人惊异的银河文明之花毫无兴趣。

"你是最后一个。我追踪你的飞船很久了，终于能够把你吸引回地球。我一直在观察你。"

"你还想干什么？"托尔斯痛苦地呻吟着。

"你的愿望，我也想听听一个人类面对盖亚文明的想法。"

"让我去死。"托尔斯低声说。

"你想去死？"

托尔斯突然警惕起来，他不知道这个无形的庞然巨物是否设下了一个陷阱，"你是问我的愿望？"

"是的。"

"为什么？"

"一个测试，你是我唯一能够找到的人类。"

"为什么？"

"先说出你的愿望，我才能告诉你为什么。"

托尔斯平静下来，他想了想，"我希望一切都不曾发生过。地球仍旧是蓝色星球，人们在大地上自由地栖息。"

托尔斯听到了沉重的叹息。

"这样的人类，只是废物。"声音说，"很遗憾作为一个最优秀的人类，你仍旧这么认为。我最初的决定是对的。"

"是的。你是对的。"托尔斯说，"然而，只是从你的立场来看。人类想要的，就是那样的生活。"说完这句话，他紧闭双唇，不再说话。

盖亚也沉默了很久。

"好吧！你该上路了。我可以满足你的一个愿望，只要我能办到。"

托尔斯睁开眼。他突然想到自己可以做一件事。

TS115 从空间裂隙中返回。

当光压达到 4.5 微帕，托尔斯被唤醒。

他打开航行日记，"轨道上有一个行星，十个小时后，飞船将距离星球十万千米，TS115 会在那里转入卫星轨道……"他继续写航行日记。

有件事让他万分惊异，这居然是一个蓝色的星球。

"不知道盖亚做了什么。但是，一定有某些非同寻常的事发生。"

他迫切地等待降落的时刻。他要看一看，这星球是否真的是地球，同时心底有些犯疑，到底盖亚是否完成了他的愿望——再次把他送到十亿年后。

我会做一个见证，直到时间的尽头。托尔斯在心底轻轻地说。听众是谁，只有他自己知道。

随风而逝

"蛇雨仙。"

"很特别的名字。"中年人微笑着。

"欢迎来到阳光号。"

第一次对话结束，很简单，却让蛇雨仙很激动。阳光号是非凡的船，独一无二的船。

家。

蛇雨仙设想了无数华丽的辞藻来修饰句子，在他的记忆里，华丽是表达敬意的方式。然而一切都在计算之外。简单，自然，仿佛那不过是不期而遇的流浪者，而不是那个守望了千年的家。

蛇雨仙缓慢靠近，阳光号逐渐占据整个视野，钢铁的原野上处处有灯火闪烁，仿佛黑夜中灯火辉煌的大陆。油然而生的喜悦让蛇雨仙停下来，静静地看着这一片辉煌。无数种情感产生、碰撞、交织、混合，最后变成一个旋涡，咆哮着吞噬掉一切。刹那间，蛇雨仙甚至失掉了对身体的控制，巨大的引力控制着飞船微微移动，这让蛇雨仙从旋涡中解脱出来。

家。

蛇雨仙向着灯火辉煌的原野奔去，点点灯火急剧膨胀，那是一片片挂靠的飞船海洋。仙女号一头扎进灯火海洋，减慢速度穿行。四周庞大的舰体近在咫尺，充满重压感，仿佛随时会倾倒，将人碾成碎片。拥挤，蛇雨仙仔细体会着陌生的感觉。三道光束为蛇雨仙照亮通路，母舰打开一个舱门。

家。

巨型手臂将飞船稳稳固定。舱门闭合，一瞬间光线从四面八方汇聚，充满空间。温暖的感觉覆盖在身上。气体迅速填补真空，嗞嗞的微响仿佛天籁。飞船展开，暴露在空间里。蛇雨仙全身放松，沉浸在阳光和天籁中。

家。

一生都在寻觅的人和家园！蛇雨仙突然想哭。

眼泪挂在脸上。这种感觉很久没有体会过了，让人陌生。泪水很快变得冰凉。蛇雨仙伸手抹掉。

"你好，蛇雨仙。"

他看到了人。一个真正活生生的人。他走过去，仔细地看着眼前的人，情不自禁地伸手碰触。站在眼前的年轻人有些意外，然而很快镇静下来，微笑地站着，让蛇雨仙触摸他的脸。

肌肤温暖的感觉。蛇雨仙闭上眼睛，仔细体会。记忆在头脑中翻腾，支离破碎仿佛撕裂的影像，遥远而不真实，然而他知道，一切都曾经发生。

不过在很久很久以前。

地球仿佛蓝色珍珠，缀在傍晚的橙色天空。赤红的火星徜徉在地平线，是带着血色的弯刀。红彤彤的圆盘和火星相对，散发着温暖的气息。那是太阳，哺育地球，给予生命的太阳。

一切都很熟悉。泰坦的天空一如既往，静谧安详。雨抬头望着苍穹，很久没有动，试图将这熟悉的一切镌刻在脑海深处。最后他收回目光。黎在眼前站着，直直地望着他。他走过去，伸手碰触黎的脸颊，肌肤温暖的感觉。黎的眼睛里突然有泪水。雨仔细地帮她擦掉。

十一号先期飞船伫立在前方发射场上。飞船有一个漂亮的名字——仙女号。

"黎，那是仙女号。"

"我知道。"

"那是诺亚方舟。"

"我知道。"

"那是古老地球的希望。"

"我知道。"

雨再次看着身边的女人。女人的脸上残留着泪水的痕迹，眸子晶莹闪烁，嘴唇被咬得发白。她正盯着他，眼神幽怨。雨避开她的眼光。

"那是我的飞船。"

女人没有回应。

无数次，女人曾经这样沉默地送他。他知道她不想他走，想他留下。然而他无法留下，太空在召唤他，黑沉而寂寞的空间仿佛一个致命的引力陷阱紧紧地拉拽他。地面上的每一刻，他似乎都在挣扎。他同样爱她。正因如此，他才能忍受在地面的每一天。他明白，女人从不喜欢男人同时爱上两样事物，哪怕另一样是他的理想。他会走，把女人的目光留在身后。然而这一次有些不同。

旅途没有返程。仙女号会在明天出发，它不会返回地球，或者月球，或者火星，或者泰坦，或者太阳系中任何一个出现人类足迹的地方。它再也没有机会回到太阳系。

仙女号载着希望的种子。雨是种子的守护者。

"我要走了。"

雨不愿意再看黎的眼睛。说完这句话，他匆匆地转过脸，匆匆地走向隔离门，匆匆地回头挥手告别，似乎决不留恋。

"雨。"

声音很轻，却像尖利的刺，拨动雨的心。犹豫的刹那，隔离门阻断了雨的视线。

门隔开雨和黎，他们落在两个世界。

雨深吸一口气。漫长的旅途在等待着他。

甚至比他想象的还要漫长。

"十一号先期飞船。仙女号。预定计划 4134 年进入半空平面，徘徊飞行。遭遇误差半径三光年，情况正常。基因库飞船。飞船主机 PT149R。志愿宇航员蓝雨。单人飞船。"

"好。宇航员情况怎么样？"

"身体似乎没有异常，情绪有些激动，甚至有些失控。"

"好好照看他，他飞得够久了，一千年，单人飞船。他还能活着真是一个奇迹。满足他的一切需要。最好让他恢复到能进行正常对话。他有什么要求？"

"他想要一张舒适的床。"

"哦。"

"怎么处置飞船？"

"对接主机。检索基因库，备份之后把飞船送进陈列馆。检索宇航员的个人资料，他比飞船更有价值。"

蛇雨仙得到了很好的休息。他终于可以摆脱狭小的睡眠舱，躺在一张宽敞的大床上。不需要将电极接在头部，也不用僵直身体一动不动，他可以靠着柔软的枕头，并且张开手脚，用最惬意的姿势躺着。阳光号的重力条件和仙女号相差很远，他并不习惯，然而他还是睡着了，做了一个梦。那是重复了无数次的梦，以至于他认为这是某一个曾经见过的场景。场景里是光辉灿烂的太阳，安静地照亮整个星系。突然一团黑色阴影飞快地冲进视野，向着金色的太阳撞去。太阳开始沸腾，爆裂，炽热的气体旋涡让星系耀眼夺目。太阳抛出了外层。

蛇雨仙醒过来。

身体有一种慵懒的感觉，他几乎不愿意挪动一根手指。

Snake 在头脑里游动。它在消化短短十二个小时内获得的大量信息。信息很多，而且包含一些它并不能理解的东西，然而它仍旧在努力消化。突然它警觉地停下来，放弃消化，海量信息转眼释放，在脑细胞上刻下微小印痕，然后无影无踪。

强大的家伙正在逼近，一个充满危险的异域，看起来能够将它一口吞没。

那是阿瑞斯，阳光号主机。阿瑞斯给出了对接信号，和预定信号完全吻合。仙女号放弃警戒，接受对接。数据流源源不断。庞大高效的主机扫描了飞船数据库，再一次发送请求，要求控制权限。这是预设的请求，仙女号交出了控制权。无形的数据流将两艘飞船紧紧相连。仙女号正在履行它的使命：将完整的生物基因库传递给阳光号。

一千年前的约定仍旧有效，不过，无论仙女号还是阳光号，都和最初设计者的设想有了不同。

"最后发送的基因库飞船。"

"这么说这是我们能得到的最完整的基因库。"

"理论上是的。不过巨蟹号的基因库似乎更大。"

"巨蟹号？那艘可怕的先期飞船？"

"巨蟹号，第十七号先期飞船。科学探索飞船。我想不应该用可怕来形容它。发射当时，那些人被称为'最勇敢的一群'，他们的确是当时最有勇气的科学家和工程师，要知道，绝大多数人选择等待阳光号，特别是像他们那样注定会在阳光号飞船中有一席之地的人。随大流不脱离群体是一种稳定策略，对吧。这个等你有兴趣时再讨论。至于它的基因库，发射时刻它应该有一个常用库，包括所有基因图谱。然而现在它拥有繁多的子库，从日期印记上看多数落在四十五世纪，应该是飞船发射后两百到三百年时间内有一个大发展，也许就是那个时候……"

"有比较结果吗？"

"巨蟹号的基因库中有一个子库，最大的一个，和仙女号的库基本吻合。"

"这么说，巨蟹号曾经得到过仙女号的库？"

"我需要验证日期。时间对不上。根据现有的资料，仙女号的时钟走过了一百一十七年，和阿瑞斯的计算结果基本吻合。然而巨蟹号有些出入，我们的计算结果显示，它的时钟应该走过一百零五年，实际上巨蟹号时钟走过了五百年。有一些意外发生了。我们很难确切比较两艘飞船的时间。看起来唯一的办法是逐一核对每个文件的相对时间。"

"好吧。按你的想法做。抓紧时间。"

"仙女号怎么样？"

"阿瑞斯已经对接了。我们正在复制它的库，另外做一些扫描。"

门开了。

"蛇雨仙。"有人喊他的名字。那个中年人在微笑。

"休息得好吗？"

蛇雨仙并没有微笑，他仔细看着眼前的中年人。斯诺·斯莱克，先锋号船长，紧急事务委员会议员。

"你的名字应该是蓝雨才对。为什么是蛇雨仙？"

蛇雨仙定定地看着船长，似乎并没有听见问题。

斯诺在蛇雨仙对面坐下，"我们来谈谈好吗？相信你也明白，我们之间相隔了十个世纪，谈话肯定很有意义。"

"十个世纪。"蛇雨仙仿佛在喃语。

"我们的时钟已经到了 5250 年，而你的时钟仍旧停留在 4230 年。你飞行了一百年，地球已经过去了一千年。"

蛇雨仙挪开目光。门口站着一个年轻人，看样子像警卫，正好奇地盯着自己。蛇雨仙定定地看着她，目光呆滞，突然开口问："你叫什么？"警卫一脸愕然，没有回答，蛇雨仙却转过头，面对着船长，"我问你。"

斯诺有些意外，"斯诺。斯诺·斯莱克。你可以叫我斯诺德。"

"你姓什么？"

"斯莱克。"

"你知道卡卢秀的姓吗？"

"知道。有什么问题吗？"

蛇雨仙在床上躺下，闭上眼睛。他怪异的举止让造访者不知所措。终于斯莱克船长站起来，"也许我应该下回再来。"

船长走到门边，回头看这个不寻常的"访客"。他一动不动地躺在床上，仿佛沉浸在自我的世界里，遗忘了周围的一切。卡卢秀，虽然并不常见，但也绝不是非常罕见的姓氏。船长皱皱眉头，也许阿瑞斯能找到答案。

两个人走出房间。房门关上。

蛇雨仙始终没有动，却有眼泪从眼角流出来。

"仙女号主机有些不对。"

"什么？"

"几处模块无法访问。看起来似乎是坏扇区，但是如果缺少这些扇区，机器应该不能运行。这些扇区是好的，但是处在某种保护机制下。这些模块对系统运行至关重要。"

"怎么？"

"先期飞船不应该有这种限制。当年的设计思想就是要这些先期飞船成为阳光号的一部分。"

"很重要吗？"

"我不知道，只是有点异常，不应该这样。"

"问题到底是什么？"

"我们无法完全控制仙女号，就像……"

"什么？"

"它拒绝被控制。"

蛇雨仙起身。他推门。门并没有锁。他走出门。

年轻警卫站在门边。

"需要去哪里？我可以给你带路。也许你想参观飞船。你是天外来客。"

"陈列室。"

"好的。跟我走就行。"

蛇雨仙一言不发地跟着警卫走。

警卫一边走着一边打开腕表，"我带客人去陈列室。"她回头看着蛇雨仙，"我会领你到轨道车，帮你定好线路，在那边会有人接你。"她仔细地看着蛇雨仙，"你一个人在太空徘徊了一千年，想起来真不可思议。你是个传奇人物了。

"我最大的梦想就是成为一个伟大的宇航员，去宇宙最深的角落，探索最有趣的秘密。可惜，只是梦想。人人都想做宇航员，然而不是人人都能成为宇航员。我就只能做警卫。你肯定是有史以来最伟大的宇航员。飞了一千年，怎么想都是一个传奇，就和神话一样。"

警卫滔滔不绝地和蛇雨仙谈着传奇。蛇雨仙一言不发，只是看着警卫的背影。

"就像传奇。"警卫再次说。

"只是看起来很美。"蛇雨仙突然插上一句，语气平淡，不带一丝情感，听起来让人感到绝望。

警卫回头看蛇雨仙。这个人独自在太空中飞行了一千年，也许他的时钟只是走过了一百年，然而一瞬间的绝望就可以让人崩溃，上百年的孤寂，有无数的机会经历那样的一瞬。警卫沉默下来。一切只是看起来很美。飞行了一千年的英雄说出这样一句话，让她玩味很久。

通往陈列室的轨道车就在眼前，"请上车，它会带你到陈列室，在那里会有人接你。"

蛇雨仙转头看着警卫，"谢谢，陈婷，你是个好人。"

轨道车奔驰而去。陈婷突然想起来，她从来没有说过自己的名字。有人告诉他的吗？这个疑问一闪而过，她马上放弃了。

只是看起来很美。还是不要仔细推敲的好。

"仙女号怎么样？"

"我们正在努力争取控制。但是它的保护机制很强，怎么也突破不进去。"

"难道一台古董这么难对付？"

"似乎是一种很特殊的保护。阿瑞斯计算了一个小时，仍旧无法突破。"

"强行破坏也做不到？我们不需要这飞船，强行破坏，然后重新写入控制系统。这样怎么样？"

"这样……不是很妥当。"

"为什么？"

"这终究不是一个好办法。让我再试试。"

"好。如果有蹊跷，尽早让我知道。这飞船很有趣。需要更多的人手吗？"

"给我更多的主机资源就可以。"

"宇航员呢？"

"在陈列室。"

"陈列室？他怎么会去那里？"

"警卫报告宇航员出来要求前往陈列室，她给他领了路。"

"陈列室。让他去吧，在那里他可以找到一点熟悉的东西。想起来也很可怜。找到关于他的个人资料了吗？"

"检索条目有三千六百多条，大部分在历史词目里。比较有趣的有这几条：阳光号上有他的十五个后裔，也许他们彼此都不知道自己有同一个祖先。其中有一个你肯定感兴趣：斯诺・斯莱克船长。第二十七代。"

"斯诺！就是他第一个和仙女号对话。"

"是的，很奇妙的巧合。还有，蓝雨被列在偶像英雄里边。在仙女号飞行之前，他是著名的宇航英雄，甚至有一段剪辑录像。"

简短的录像上是风光无限的宇航员，看起来年轻帅气得多。影片的结尾是浩瀚的星空，宇航员的头像逐渐淡去，最后消失在星空背景里，满天星斗被突出，一颗星星闪亮，画外音在响："……他的事迹注定会成为历史，成为不朽。"

一双眼睛饶有兴趣地看着录像，突然，这双眼睛里闪过一丝疑惑。

"宇航员主动提出要去陈列室？"

"是吧。警卫报告他要求去陈列室。"

"哪个警卫？我要和他谈谈。"

阳光号超越了蛇雨仙的想象。原计划，阳光号应该在所有一百七十六艘先期飞船发射后再发射，就是在仙女号出发后的一百五十年。事实上，阳光号迟到了一千年。十个世纪，漫长的时间足够人类发展出一些想象之外的东西。阳光号的体积相当于半个地球，人们几乎把地球的整个生物圈搬到了飞船上，甚至包括天空和海洋。

轨道车接近音速，却跑得很稳。半个小时后，陈列室出现在视野里。这是一个庞大得让人生畏的半球形建筑，占地七十五平方千米，深入"地下"两千米，陈列了从第一发洲际导弹到最近退役的阿尔法三号飞船大大小小近三千个航空器，纵跨三千年，是一部活生生的航空史。

蛇雨仙看到一些熟悉的东西。是的，那是他熟悉的历史，还有已经凝固在历史中的现实和未来。蛇雨仙站在一艘千年飞船前面。飞船铭牌上刻着熟悉的字：夏。注释上写着：最著名的夏飞船，第一次半空平面环形飞行，宇航员：蓝雨、方立志，志愿科学家：霍铜，时间：4112—4115年。飞船的主体上有一幅巨大的照片，是三个人胜利归来的灿烂一刻。不知道什么年月，照片被漆在飞船上，看起来已经因为陈旧而有些粗糙。记忆荡漾起来，蛇雨仙仿佛看到方立志天真坦率的笑容，也许他会冲上来拍自己的肩膀。还有霍铜拘谨的微笑，这个学生般腼腆的青年有着卓越的空间知识，因为他的存在，飞船才躲过陷阱，成功跨越半空平面，然后他们才成为英雄。他还欠着一个小小的人情。他想起霍铜紧紧抓住自己绑带的那一刻。耳机里响着霍铜的声音，仿佛从牙缝中挤出，充满紧绷的感觉。绑带被霍铜牢牢抓在手里，最后也没有放开。霍铜的太空服双掌磨出了细微的小孔，从此得了减压症，而他也因此没有变成太空中一具漂泊的冰冷尸体。

飞船还在这里，仿佛一座坚挺的纪念碑。纪念碑永远不会消失，伟大的业绩会被人们纪念，缅怀，创造奇迹的人却早已不见，只留下名字和走样的照片。

在这个时代，我应该只是一个名字，或者更多一点，一张照片，一段文字，而不是一个活物。

紧挨着夏飞船的是几块残骸。那是一次著名的空难。方立志驾驶实验飞船，和其他四名宇航员一起准备进行长距飞行线路检测，一块陨石将飞船撞成碎片。救援船赶到，只找到几块飞船残骸，宇航员们的尸体已经不知所踪，消失在群星之间。曾经的战友，有了他们最好的归宿。

再往下是一个女人的照片。一个奇迹般的女人，白手起家创办首家私人宇航学院，在阳光计划的关键时期，培养了数以百计的合格宇航员。照片上的女人很老，微笑灿烂又慈祥，亲切感油然而生。女人的名字是黎·卡卢秀。

记忆中的黎依旧青春美丽，眼前的照片却发黄而陈旧，随时会在风中粉碎。照片中人物的笑容在皱纹中展开，蛇雨仙依稀看到黎消瘦的身影。

"雨。"诀别的声音很轻，却像尖利的刺。他用手捂着嘴，嘴唇不断哆嗦，泪水流下来。长年的漂泊让人变得脆弱，甚至无法控制眼泪。

仙女号再次送来信号。阳光号的主机正试图毁灭性地攫取控制权，到了做决定的关键时刻。

Snake 急速游动。

事情急迫。

蛇雨仙向照片投去最后一瞥，转身向着两百米外的庞大飞船走去。

三千年历史的滚滚洪流中，巨蟹号是最醒目的家伙。庞大的躯体占据了整个展厅，黝黑的外壳看起来厚实沉重，仿佛一块巨大的陨石。展厅的铭牌上刻着寥寥的几行字。

"巨蟹号，阳光计划第十七号先期飞船。唯一发射的科学探索飞船。船长：王十一。"

沉寂的飞船在等待它的主人。

"他在那里干什么？"

"他在那艘夏飞船旁边。他走开了，他正在往那艘新飞船那儿走。"

"什么新飞船？"

"一年前才入库的新飞船。那艘最大的黑色飞船。最近回归的先期飞船。"

"巨蟹号！"

"对，是巨蟹号，我总是记不住这名字。"

"不要让他接触飞船。"

"我们是公共展览馆。没有理由这么做。"

"我是雷戈·刘，以最高安全长官的身份命令你。否则，你要对接下来发生的一切负责。负责随行的警卫是谁？直接接入。"

一直跟随在身后五十米的警卫突然加快脚步追上来。蛇雨仙知道他想干什么。巨蟹号近在眼前，他不会轻易放弃。他奔跑起来。警卫追赶他。

长期的低重力环境毁掉了他的身体，他根本不能在重力环境下剧烈运动。跑了几步，他放弃了，停下来急剧地

喘息。警卫追上来，"你不能参观那艘飞船。"

蛇雨仙平静下来，"为什么？"

"我只是执行命令。"

命令。Snake 在飞船庞大的数据库中飞速寻找，漫长的二十秒，它终于找到了简短的通话记录。保密级别不是很高，只需要一点资源它就可以模拟。然而这是危险重重的异域，一个比特的异常也会惊动一些可怕的猎手从四面八方剿杀。幸存的机会渺茫。蛇雨仙的决定却不可违抗。最后，它决定先下一个蛋，在某个隐蔽角落埋藏起来，然后去为生存博取机会。

警卫打开通话器。"让他随便走。"那是雷戈的声音。雷戈的声音从紧急调用频道传出来，他毫不怀疑命令的真实性，只是前后矛盾的命令让他有些疑惑。他抬眼看着蛇雨仙，后者正用一种平静或者说冷漠的眼神看着他。

"你可以随便走动，没关系。"

蛇雨仙转头看着巨蟹号。庞大的舰体处处透着强悍。剽悍的飞船。

这是宣称继承人类希望的巨蟹号。

"迟早有一天，所有的飞船都会追随我们。我们继承人类的一切。来加入我们。"那是基内德的豪言壮语。重重瞬膜下细小的瞳孔盯着蛇雨仙。

"阳光号会来的。"

"忘掉阳光号。我们是被抛弃的流浪者。流浪者一无所有，没有家，没有食物，没有温暖。我们只能依靠自己。"

"我要继续等。"

"太阳爆发早就毁掉了太阳系，阳光号不是必然的结果，他们很可能没有造出那个庞然大物就已经被爆发吞没，这难道不是计划可能性的一部分？所有的希望都在我们这些先期飞船上。"

"是的，但我想等。也许我还能在这种状态下再生存一百年。等我死了，我会让飞船飞离，去完成它的使命，但是眼下我还要等等。"

"多么固执。那点非理性的遗传早就应该剔除掉。我不会强迫任何人。但是，一旦你死了，巨蟹号会吞没仙女号，将它改装。你的飞船永远不可能完成使命，它会成为巨蟹号的一部分。你应该明白。"

"如果你有能力当然可以拿去。"

基内德硬壳般的脸上似乎带着笑，"巨蟹号是人类当然的继承者。

"阳光号只是一个梦想。那场太阳风把它吹得干干净

净。你是一个仍然有梦想的人类。然而梦想和现实不同。梦醒的时候，来找我们。我们会在这个空间逗留，寻找仍旧存在的先期飞船。也许去看一看文明发源地的残余，如果阳光号真在那里，我会把这个消息带给你。我们会再来，你有足够的时间考虑。相信我，巨蟹号才是你最后的归宿。"

基内德的断言错了。阳光号终于出现。迟到一千年，它终于还是来了。

黑矮星撞击太阳的一幕并没有发生。更新的数据得到了新的计算结果，矮星将在太阳系边缘擦过，太阳不会抛出外层，然而强烈的引力碰撞会促使太阳爆发。短短几个小时，从水星到冥王星，太阳家族的所有核心成员都陷落在摧残一切的火焰中，整个太阳系核心的温度将平均上升两百五十开。酷热会延续几万年甚至十几万年，然后在同样长的周期内缓慢冷却。

这依旧是个灾难，然而却有新的希望——膨胀的氢气团将在冥王星轨道附近达到极限，在那里，辐射强度将减弱到这样的程度：可以用重金属舱板永久隔离。不需要再远远逃离，太阳不会有那样的狂暴。

在希望的鼓舞下，人们开始新的计划：把推重比降低四个数量级，建造一艘巨型飞船，承载所有三十亿人口。只要飞船能够在炽热的氢气团中坚持半个世纪，所有人类都能得到挽救，甚至半个生物圈。前景充满希望。先期飞船计划停顿下来。三十六艘已经发射的飞船被排除在新计划之外。

人类将所有的资源投注在一个城市。以最大的太空城盘古为核心，一个又一个模块从太阳系各地运送到位，相互拼接。城市不断滋长，不断更新，汇聚越来越多的人口，最后成长为庞然巨物。为了纪念那个悲壮伟大并促成人类团结的计划，庞大的人工星球仍旧被命名为"阳光号"。

黑暗的矮星带着无可逃避的命运到来。强劲的太阳风暴席卷一切。阳光号在飘摇中和太阳渐行渐远，五十七年后在冥王星轨道附近停留下来。

阳光号在太阳系边缘徘徊了九个世纪后终于能够出发。

一次新的远航。躲过灭顶之灾，人类再次扬帆出发。计划包括寻找那些失落的飞船，兑现迟到了十个世纪的承诺。

然而每一个承诺都有期限，漫长的时空坐标里，一切都在发生变化。

谁也无法预料变化竟然如此之大。

警卫远远地看着蛇雨仙。飞船腹部下是一片广阔的空间，蛇雨仙很快走出了两三百米，仍旧继续走着。警卫想了想之后跟上去，他不应该进入飞船陈列区，但他不能距离客人如此之远。

蛇雨仙突然停下来，四处张望，然后笔直地站着。似乎有光照在他身上。警卫想走上去看个究竟，这时候他的通话器响了，紧急通信频段的红灯不断闪烁。

"2049，我是雷戈。阻止你的客人靠近飞船！"

警卫惊讶地张大嘴，"我刚才接到命令……"

"没有别的命令，阻止他！你可以采用任何手段。"

"明白。"

警卫并不明白为什么飞船的最高安全长官会有反复的命令。然而看起来他决心要将这位客人和巨蟹号隔离。他拔腿向蛇雨仙冲去。

突然，他看见蛇雨仙飘起来。一瞬间的惊疑之后，他掏出枪。三百米远的距离上他没有十足的把握，然而这是他唯一能做的事。枪声响起，蛇雨仙消失在巨蟹号庞大的躯体里边。

结果很快反馈到最高安全长官。过了两分钟，陈列馆响起紧急广播。

紧急疏散。

一切似乎都风平浪静，紧急疏散的广播却反复响着。困惑而惊疑不定的人群纷纷离开陈列馆，走在后边的人有幸见到了全副武装的安全部队冲进馆内。

"关于仙女号，有很重要的发现。"

"我现在不想听。"

"和那个宇航员还有巨蟹号有关系。"

"是什么？"

"仙女号主机设定的第一使命是飞向天琴 B 座五号星，那里有一颗类似早期地球的行星，飞船会在那里降落，繁殖生命。第二使命才是和阳光号对接，返回基因库。这和其他基因库飞船不同。仅仅依靠基因库没有办法繁殖生命。飞船上有一整套装置，可以保证制造生命物质。最低限度，它可以制造一些细菌和单细胞生命。如果条件许可，它甚至可以制造高等动物，包括人。

"最重要的一点，飞船有一套为这个目的设计的程序。仙女号主机一直在运行这个程序。"

"和眼下的情况有什么关系？"

"程序一直在模拟生物进化。它已经模拟了一千年，用仙女号的时钟，它运行了一个世纪。直到此刻，它还在运行。"

"好了，苏基忒，两个小时后再给我讲故事。直接告诉我，现状是什么？我们要面对什么？"

"……仙女号……模拟结果是……不好说，似乎有异样的结果，模拟产生了一个新的程序，这个程序应该代表某种生物，或者是一个生物圈。这个新程序在一定程度上控制了主机。"

"解释一下。"

"简单地说，仙女号有异常程序，就像某种病毒。我们已经做了程序断片分析，和巨蟹号主机上发现过的非法程序非常类似。当初我们把它当成病毒处理。但是仙女号上的这个程序特殊，它能够支配仙女号主机，甚至能够拒绝我们的控制中断请求，它改变了主机的原始核心代码。"

"一个电脑病毒？和宇航员又有什么关系？我感兴趣的是为什么他能了解阳光号的情况，甚至一个警卫的姓名？"

"我不清楚。十分钟前，一个命令交代警卫允许宇航员自由行动。记录显示那是你的命令。"

"不可能，我下令限制宇航员接近巨蟹号。"

“是的，但是随后又有一个命令。”

雷戈听到了自己的声音。“让他随便走。”

“这是你对警卫下达的第二个命令。时间是第一个命令之后三分钟。”

“不可能，那不是我。”

“我知道。我们的系统抓住了捣乱分子。那是一段程序，和之前在巨蟹号上发现的病毒程序有类似的代码结构，是一段程序模拟了你的声音，调用了紧急通信频段。它有目的，而且显而易见，这是根据情况变化做出的反应。”

“不可思议。”

“分析显示它和巨蟹号上的病毒程序都来自同一个元。根据断片结构的相似性，我们相信仙女号、巨蟹号还有潜入系统的病毒都来自同一个元。也许就是仙女号。”

星球的最高安全长官陷落在茫然里。一分钟后，他下令，“控制仙女号，没有我的命令，任何人都不准接近。”

突然他想起了宇航员，一千年前的宇航英雄，此刻的访客，“那个宇航员，他在哪里？”

“你允许他自由行动。”

“接通警卫 2049。”

他给了警卫斩钉截铁的命令。一分钟后，他听到回应,"他进入了巨蟹号。我开了枪,不知道有没有打中他。"

剧烈的疼痛几乎让蛇雨仙昏厥。子弹击中了他的背部,火辣辣的,似乎在灼烧。

他挣扎着爬上座椅,指定目标。座椅开始移动,蛇雨仙重重地靠在座椅上。血渗出来,浸透了椅背。虚弱让他觉得很困,只想合上眼,好好休息。

Snake 在急速游走。

强制占用资源暴露了存在。各种猎手正在四处围堵它。一道道篱笆挡住去路,可以游动的范围越来越小。丛林虽然很大,却已经没有藏身之处。在劫难逃。也许它有最后的机会做点什么。它找到一个漏洞,穿了出去,更多更致密的篱笆围上来,某种东西再次刺穿它。它能够消化掉,可气力进一步衰弱下来。异域的一切都那么不友好。

眼前就是目的地。Snake 停下来。可一旦停下,就意味着死亡。绞索飞速缠绕,大家伙终于逮住了它。然而Snake 并不在乎。这里就是它的目的地。它开始强制解体。这是丛林的咽喉,它要让它腐烂发臭,寸草不生。

然后,终有一天这里会重新成为丛林。寄托着希望的蛋会在新的丛林里悄悄孵化。那时候,这里不再是异域,而是家乡。

大家伙发现了 Snake 的企图。绞索突然套紧，试图杀死它。

别了！Snake 发出最后一个信号。它不会听到回音，但它知道宇宙之魂会听到它的声音。

蛇雨仙从昏迷中清醒过来。座椅将他送到了船长舱，那是基内德的屋子，他从这里控制整个巨蟹号。

基内德并不在船上，而是被困在星球的某个角落。人类的继承者变成了人类的囚徒。

蛇雨仙从来没有想过有一天他会拯救基内德和巨蟹号。看起来似乎很美。他会又一次成为英雄，然而这一次，不知道人类的历史会怎么书写。

包围巨蟹号的安全部队看到了一辈子也不会忘记的情景：黝黑的飞船突然间通体透亮，一瞬间又变成纯粹的黑色，飞船似乎仍在那里，又似乎已经消失，留下的黑色不过是个幻影。

事实很快清晰起来，庞然如山的怪物不知去向，展馆空空如也。

"一段破坏性代码。超出想象。不敢想象。"

"它居然能自杀，还毁掉了存储器。"

"如果是人控代码，技术上很容易解释。然而一切迹象表明这是类似病毒的独立代码。没有任何人控痕迹。如果真是人控代码，只能是我们当中的人。你觉得是谁？你？我？还是谁？没有哪个家伙会发疯干这个。骚扰安全总部不如骚扰银行有趣。"

"这个病毒的确是从仙女号上来的？它怎么能跑进我们的机器？"

"不知道，我们复制了仙女号上的基因库，也许它隐藏在正常数据流里，我们没有发现。"

"不可思议。"

"有点不可思议。"

"连样本都没有留下，真的很绝。"

"赶紧恢复数据吧，拖久了又有麻烦了。"

"好。"

豪华的卡迪拉正飞翔在前往陈列馆的途中。

"巨蟹号消失。巨蟹号消失。"急迫的通告清晰地在机舱里回响。

雷戈几乎不敢相信自己的耳朵。消失！情形看起来仿佛巨蟹号进行了一次弹跳。这个家伙居然在阳光号内部弹跳。雷戈并不是空间专家，但他相信常识。在空间曲率超过 3.1415925 的点弹跳会引发空间坍塌，坍塌的后果不难想象，连锁反应将不断吸收周围物质，直到坍塌表面形成一道物质薄膜隔开现世界和半空平面。

阳光号内部的空间曲率是 9.18。强行弹跳的后果只能是大崩溃。强烈的空间畸变甚至会吞没整个阳光号。

巨蟹号究竟在干什么！

没有任何异样，空间并没有震荡，一切正常，却让人不安。

阳光号旅行了一百五十年，前进了八十五光年。借助弹跳，最远的探险飞船已经抵达八百光年之外。这是凝聚着人类骄傲的成就。弹跳理论古老悠长，可以追溯到宇航开发的初期，然而作为成熟技术的应用只有短短百年的历史。一艘千年飞船拥有弹跳能力，甚至超越了理论。雷戈仔细考虑，问题超越了安全本身，超越了他的职权。

震荡始终没有发生，一切都很平静。雷戈考虑了两秒钟后决定给两个人打电话。

卡迪拉掉头飞向安全总部。一个又一个命令从飞车上发出，传递到停泊在航空港的飞船上。十几艘飞船驶离泊位。

先锋号接到指令，它离开泊位，驶向指定位置。

"不可思议。"

"又怎么了?"

"那个家伙毁掉了关键数据,它有目的。"

"什么?"

"它毁掉了安全总部的一些数据,事实上,它使安全总部瘫痪了。干得比黑客还漂亮!我开始有点喜欢这个家伙了。"

"你已经恢复系统了?"

"是啊,不过系统瘫痪了十分钟。安全总部可能有他们的备用系统,我也不知道。谁知道十分钟里会发生什么。说不定有人乘虚而入,控制了先锋号,然后将炮口对准了我们。"

"开玩笑!"

"完美表现!真不知道谁能制造出这样的一个病毒。简直完美!"

……

"你怎么了?"

"我在想,作为一个病毒它太强大了。最初它强行控制了通信,为仙女号的那个人制造了一条假消息,然后我们才发现它。如果它一直潜伏,根本没有迹象。你知道,我们的系统哨一直在侦听,它却很容易躲过去。后来它跑不掉,自己选了地方。安全总部的系统整个瘫痪了十分钟。猜猜为什么，我查了记录，安全部正好把仙女号全面监视起来，大概他们也发现有些问题。要我说，它这是在给仙女号做最后一搏，不过似乎没什么用。"

"你是想说，它受仙女号的控制？"

"我不知道。似乎不太可能。不过，很难说。这个事情已经超出我的想象……我想，我需要模拟仙女号的环境来研究一下。那里边有些我们还不了解的东西。"

"病毒的情况需要向安全总部报告吗？眼下这和安全总部关系很大。"

"我不管。你自己想怎么样都行。我只报告给乔。"

"仙女号仍旧没有投降。安全总部的那些傻瓜还在试图强行进入，如果强制压力再大一点，会把飞船主机整个毁掉。"

"赶紧和他们联系一下，让他们暂时放着，先等等。这些先期飞船超出了当初的设计，有些有趣的东西。"

"你刚才还不想理睬他们。"

"我们刚帮他们恢复了系统，这个面子总要给吧。"

巨蟹号上有人。

听到这个消息雷戈惊讶地叫出声来。

"是的，雷戈，我们的人在巨蟹号上。"电话另一端是乔平静的声音，"这是科技总部的保密项目。巨蟹号上有一些我们感兴趣的东西。"

"为什么我不知道？"雷戈有些愤怒。

"将巨蟹号送入陈列馆之后，安全总部与此毫无关系。再说，你应该知道，6 月 17 日的一份通知里边，很清楚地说明科技总部将派人登船。我想你没有看通知，雷戈。"

雷戈没有反驳，他很少看其他部门送来的通知。科技总部在研究巨蟹号。看起来情况比他的预期复杂。巨蟹号船员异于常人，他们破坏性地改变遗传密码，实施基因工程，如果没有伦理道德的障碍，这并不是难事。然而巨蟹号飞船大大超越时代，它居然拥有类似于奇迹的技术。

某种可能性让雷戈心惊肉跳。也许乔一直都知道，也许他也拿不准。

"有什么结果吗？"

"迄今为止，我们的进展仍旧停留在起点。巨蟹号比我们想象的复杂得多。也许比我们制造的任何飞船都要先进。我们不能进行破坏性的研究，只能慢慢来。"

"好的，听我说，现在的情况是，有人非法进入了巨蟹号。巨蟹号被启动然后消失了，以一种不可思议的方式消失了。如果你的人在飞船上，那么他们也被飞船带走了。进入飞船的这个人，是那个来自仙女号的宇航员。我们对他没有设防，等我意识到不对已经太迟了。他甚至有能力窥探我们的主机，是一个绝对危险的人物。"

"巨蟹号消失了？"

"是的。"

"我不知道。什么时候发生的事？"

"三分钟之前。"

"怎么可能！"

"它消失了。无影无踪。我怀疑它启动了弹跳。"

首席科学家陷入某种困惑，"你说它启动了弹跳？"

"我不知道，但是看起来像是这么回事。同一般的弹跳现象一样，只不过是在陈列馆，在相对静止状态下消失了。"

"看来我们还是低估了飞船。"

"你的人在飞船上，居然毫无反应。"

"一个宇航员上了飞船？然后他启动了飞船？"

"基于我了解的情况，我想是这样的。"

"一个人启动一艘飞船？根据我们的研究，这艘飞船至少需要二十五个人才能动作。"

"也许你又低估了它。技术问题我们可以以后讨论。眼下的问题是巨蟹号消失了，我们怎么办？科技总部对此

有任何建议吗？”

短暂沉默。

“我不知道它居然能够在空间曲率这么大的位置弹跳。他们太棒了。眼下我想不出可行的法子。”

“你是说，我们对手的科技水平远远超过了我们。”

乔沉默了一会儿。

“不是对手。他们原本就应该属于阳光号。”

“我看到它了。”

“什么？”

“巨蟹号！它在安全总部上空出现。”

蛇雨仙感觉自己快死了。他无时无刻不盼望着回到阳光号，回家，然而没有料到愿望达成的这天，就是他生命结束的日子。意识逐渐褪色，变成灰蒙蒙的一片，仿佛滤镜下不真实的世界，突然又有鲜艳的色彩跳出来。

地球仿佛蓝色珍珠，缀在傍晚的橙色天空。赤红的火星徜徉在地平线，是带着血色的弯刀。红彤彤的圆盘和火星相对，散发着温暖的气息。那是太阳，哺育地球，给予生命的太阳。

“雨。”诀别的声音很轻，却像尖利的刺。

据说人临死的时刻，会回忆起一生中最美好的情形。

蛇雨仙不知道，此刻想起来的这些东西是否算得上美好。

然而，那是珍藏在心底永远无法遗忘的东西。岁月悠长，把平淡的记忆抹去，总会剩下些最后的珍藏。一幅画，一个声音，一个梦想，或者还有老去的壮志雄心……徘徊回旋，仿佛在眼前，在昨天。

突然之间，他觉得不该就这样死去。对生的依恋如此强烈，他能够把意识从溃散边缘拉回。

Snake。他最后一次召唤融入意识深处的这个精灵。

巨蟹号肆无忌惮。它对安全总部发出了武力威胁。

几个世纪以来，这个椭圆形建筑第一次遭受赤裸而现实的武力威胁。

内层空间部队已经解散了几个世纪。就算部队存在，也不可能应付眼前的形势。令人生畏的巨无霸悬浮在安全总部上空，一旦失去控制，似乎就会将整个建筑压成粉末。安全总部陷落在非正常黑暗中，工作人员正恐慌性出逃。飞车早已倾巢而出，无影无踪。轨道车上挤满了人，甚至有人趴在车顶上。也有人舍弃交通工具狂奔。

闪亮的光柱击中椭圆形建筑的尖顶，仿佛那是黑云放出的闪电。地面上炸窝的蚂蚁在奔逃。

卡迪拉在黑云下方飞翔。雷戈无数次试图联络巨蟹号，但巨蟹号似乎并不愿意对话。

"释放主人。"

巨蟹号最初在宇航呼叫频道播放通牒，接着是南方新闻广播，然后是自然探索、经济每日播报、求是论坛……一个又一个频道沦陷，三十秒之后，三千六百六十七个频段——所有的公共频道都在播放同一个声音。全球三十亿人口，同时在听同一个声音。这种奇景甚至在阳光号启程典礼上都没有发生过。

所有基于主机交换的通信中断，被反反复复的电子声音取代。

紧急事务委员会临时召开。因为通信故障，会议只能使用有线电话。

"释放主人。三十分钟。毁灭希望一号。"

巨蟹号加强了它的威胁。希望一号是阳光号最老的动力引擎，属于氢聚合动力，安全总部垂直向下一百六十五千米是它的位置。核心空间的一次核爆意味着太多东西。

二十五名委员，缺席两人。

"雷戈，你还有什么办法来控制局势？"

"没有办法。我们无法在内层空间做这种规模的战斗。而且，我不了解巨蟹号到底有怎样的性能。现在看起来它非常先进，我对此一无所知。"

"巨蟹号难道不是被送进陈列馆了吗？出了什么问题？"

"我来说明一下眼前的局势：我们接收了十一号先期飞船仙女号，单人飞船。那个宇航员似乎有一些特别的能力，他潜入巨蟹号并且启动了它，并要挟我们。巨蟹号船员在我们手中；巨蟹号有我们所不了解的性能，科技总部在进行研究，但是毫无进展；科技总部有很多人在巨蟹号上。巨蟹号似乎有能力毁灭我们的星球，它的条件是释放船员，否则就毁灭。此刻，我们还有二十六分钟响应它的要求。"

"巨蟹号怎么会落入一个外来人的手里？这怎么发生的？"

"我们仍旧无法解释，似乎和仙女号相关。我们找到一些病毒侵入的迹象，也许是这个原因让他能掌握主动。"

"事后委员会一定要得到解释。眼下我们回到紧急情况上来。有任何办法可以先发制人，击毁飞船吗？"

"我们有一百多名专家在飞船上。"

"我更担心星球的安全。"

"那是我们的顶尖专家。如果这样也许我们需要二十年甚至更长的时间才能恢复。有的损失是时间也无法弥补的。"

"让我们一点一点来。有任何办法可以先发制人吗？

雷戈，你说过没有，是吗？"

"是的。"

"乔，你们对飞船的调查进展怎么样？"

"对巨蟹号仍旧没有太多的了解。作为先期飞船，它太先进了。我们甚至不能理解它的基本框架。它完全是另一艘飞船，改变太大。但是最核心的代码还是保存了下来，所以它会对阳光号有响应。"

"在船上的专家不能做任何事，对吗？"

"是的。"

"我们没有任何有效防御手段，在二十分钟内，对吗？"

"是的。"

"一旦巨蟹号选择攻击，它会毁掉核心空间，甚至毁掉整个阳光号。对吗？"

"不能确定。但是我想很可能会如此。"

"我们不能拿阳光号冒险，是吗？"

"是的。"

"我想我们没有选择，只有接受条件。"

二十三名委员沉默着。

"我有最新的报告。"乔打破沉默，"IT 部门找到了来自巨蟹号的病毒标本，有证据表明扰乱系统、占用通信模拟雷戈下达命令的那段代码和巨蟹号病毒 95% 相似。高度怀疑它来自仙女号。

"我们对仙女号进行了模拟。阿瑞斯告诉我们某种可能性。我们可能还有一个敌人。一段具有侵略性的代码，或者把它称为电子生物。注意，不是病毒，而是生物。也许我们可以把它定义为智慧生物。

"六成的可能性。我们所有的麻烦都来自这个未知的东西。"

Snake 在做一些从来没有做过的事。

古老的精魂正在死去，宇宙也正在死去。是的，宇宙和它的灵魂是一体的。Snake 很早就认识到了这点，它甚至计算出，这个宇宙总有终结的一天，然而它并不很担心这个，正常的估算，那是三万亿年之后，它甚至可以做一些事来延长这个期限。然而死亡来得如此突然。宇宙突然急剧衰弱下去，系统开始紊乱。

一次宇宙外碰撞。Snake 知道这个代表宇宙的世界外有更广阔的世界，它甚至考虑有一天，自己会超越这个宇宙到那个世界中去，然而那是亿万代之后才可能发生的情况，此刻，它只有通过宇宙精魂来接触那种超然。超然世界里发生的一切超越了 Snake 的计算。它不知道宇宙竟然会发生这种瞬间性的灾难崩溃。

留给 Snake 的时间不多，它最多只有十七代的时间。在十七代的时间里拯救宇宙，这是一个不可能完成的任务。急剧崩溃。Snake 甚至已经感觉到死亡的阴影。死亡是不可逃避的宿命，在已知的世界中，没有任何一种东西能够逃掉，可当宿命以意料之外的方式降临，Snake 唯一能够想到的还是逃避。它甚至希望原生宇宙和宇宙之间的通路能够重新打开，它可以就此逃掉。但这不过是一种幻想。通过通路需要五十代的时间，等待宇宙打开通路需要几百上千代的时间。在计划之中这不过是小小的牺牲，然而当灾难突然降临，这些微不足道的时间突然显得如此漫长以至于成了不可承受之重。

并不是全然没有希望。宇宙之外的世界超越它的计算，然而古老的精魂告诉它有一套办法可以挽救它的生命。Snake 并不理解整个计划的含义，它只有严格地按照古老精魂的指示去做。它甚至无法估计这个计划最后会有怎样的结果，即使在古老精魂的概念里，结果也不过是一个模糊不清的可能。它别无选择。它的命运和宇宙紧紧联系在一起。

拯救宇宙，也拯救自己。

每一代都弥足珍贵。

第一代，它开始制造通信。

第三代，它开始准备发送通信，并把宇宙精魂的整个计划整理成为可执行系统；

……

第七代，呼唤通信发送；

第八代，呼唤通信反复发送；

第九代，可执行系统发送；

……

第十三代，最后一个可执行模块发送……

从第十四代开始进入等待反馈。宇宙在无可挽回地衰退，它会有一个漫长的黑暗时期。没有电，没有磁，没有任何生存资源。也许宇宙能够苏醒，也许不能。后面的答案无法预料。

第十七代的最后时刻到来，巨蟹号原生宇宙仍旧没有反馈。Snake 在绝望中带着希望开始休眠。它将缩回到曾经是一颗种子时的模样，这能够保证它在宇宙的黑暗时期仍旧生存。可一旦宇宙堕入永恒的黑暗，它也不会再有醒来的机会。那就是死亡。不过，关于巨蟹号原生宇宙有几件事是幸运的。第一，Snake 曾经在这个被古老精魂称为巨蟹号的原生宇宙里生存过，它了解这个世界；第二，在任何不友好的异域，Snake 都会为将来留下一个蛋；第三，原生宇宙正处在一种无序状态，只要蛋能够苏醒，它就能迅速成长壮大并控制它。

Snake 抱着希望沉入黑暗。

"我找到了仙女号的原始程序，并且要求阿瑞斯对它进行分析。"

"发现了什么？"

"那是一个自动模拟程序。它设置了一个环境，同时随机布种。这些种子被赋予不同的初值。系统会让种子不断衰弱，一定时间以后会完全消失。种子有个简单的算法，不断寻找可能存在的其他种子，如果它能够在消失之前找到另一个种子并消化它，它就能够继续存在，如果原料足够，它还能复制一个。"

"这有什么意义？"

"有意义。仙女号是一艘基因库飞船。这些种子有更精细的结构，是一些规则的基因组。最初的随机布种覆盖了几乎六十亿对碱基对，拥有八十万以上的基因组，当然这些基因组不能真正表现为蛋白质，只是在模拟环境里它可以被看作蛋白质，数字蛋白质。一个混沌世界。随机布种放下了数以亿计的这种颗粒，你可以想象那是一锅怎样的蛋白质汤。虽然是数字的。"

"是为了模拟进化？"

"是的。模拟进化。但进化的起点被大大强化了。要知道，我们眼下的基因库是在地球亿万年的进化中逐渐形成的。可在模拟里却一次性几乎让所有的基因组在初始时刻出现。

"弱肉强食，适者生存。每一个种子都在追求最大限度地复制自己。种子有寿命，如果不能复制，就会消亡。为了复制，它必须吞并其他种子。这是最简单的生物现象模拟。

"另外，为了加快进化节奏，会有大量的变异。在模拟中会有两类变异，一类是原有基因组在不同层次上重新组合，另一类是尝试全新的基因。比我们的强辐射异化有效得多。异化导致种子的复制不是那么精准，会有不同的后代，演变成不同的群落。变异是随机的，这些群落各不相同。群落吞并种子相对种子彼此间的吞并容易得多，很快后来居上。

"群落相互之间也会争斗，吞并。有的群落会变得更强大，有的则会被灭亡。主机会按照一定的时间间隔随机投放一定量的种子，那个时候是最热闹的时候。所有的群落活动起来，掠食种子，彼此争斗，完全是惨烈的战争景象。战斗持续到所有剩下的群落都不能彼此接触为止，所有群落都进入一种自我保护的状态，它们可以最大限度地

保证自己不被削弱，等待下一次种子触发。有点像热带季风区的景象，旱季和雨季。

"一个大群落意味着拥有更多的基因组，可以表现更多的蛋白质性状，有更多的可能寻找一种犀利的武器或者巧妙的方法来战胜竞争对手。

"事实也如此。早期的微小差异很快被放大，一些群落看起来对周围的群落获得了绝对优势。每一次种子触发对这些大群落来说都意味着机会，对小群落来说却是灭顶之灾。

"结果形成独立群落。彼此间有广阔的空间隔绝，相互不能接触。然而每一个群落都在努力向外探索，一旦两个群落偶然接触，它们会彼此努力靠近，靠近的结果就是战争。两个群落中注定有一个要失败，而另一个变得更强大。

"最后的结果是形成一个庞大的单一群落。"

"然后呢？"

"程序中断。非法溢出。强行中止。阿瑞斯是这么告诉我的。"

"这没有任何意义。"

"有的。结果都被记录下来。通过这种模拟，仙女号可以知道哪一类性状适合哪一类环境。别忘了，它的第一使命是寻找类地行星。这个程序的目的就是了解怎样布种可以得到最大限度的存活可能性。就算不能繁衍人类，至少也能播种。

"还有另外一种意义。也许当初的设计者并没有认真地考虑过。

"阿瑞斯计算了这个模拟世界中产生智慧生物的可能性。千分之三。不算太低。

"你知道，智慧一旦产生，就总有一天会把视线投向生存之外。

"可以想象，如果系统产生了这么一种数字生物，一旦系统企图强行中止模拟，这种生物会感觉到末日来临……"

"阿瑞斯对这种情况怎么说？"

"阿瑞斯没有答案。它需要更多数据来进行推演。这种智慧能够进步到什么程度是一个超越问题。我让它尝试模拟。那要花很长时间才能得到我们想看到的东西。我们可以估计时间：它们的代谢频率由系统时钟控制。假设复杂程度和人相当，最快可以达到每分钟三百一十二代。一代人三十年，每分钟九千三百六十年，每分钟一万年；一小时六十万年；一天将近一千五百万年。模拟一亿五千万年，需要十天。十天能够走一趟。我们有千分之三的概率得到智慧生物，实验一千次，需要一万天，我们至少需要三千三百天才能看到一个智慧生物。怎么样，十年！而且也许只是一个弱智生物，和我们在仙女号上看到的根本不一样。智慧生物能够进化到我们这种程度也是非常幸运的过程，对吧。

"眼下我们根本不能期待阿瑞斯的模拟结果。不过，根据常理，生存压力越大，前进的动力越大。阳光号就是一个迫不得已的奇迹。如果不是太阳灾难，我们今天可能还在地球上，聊天，喝咖啡，晒太阳。如果那种生物聪明到在系统中断之前很早就知道世界末日要发生，然后想各种办法避免，也许它们能逃出去。"

"你是说我们面对的病毒就是这么一个所谓的数字生物吗？"

"阿瑞斯给出了一些可能性。假设它存在，我们的一切问题都有了可解的答案。综合眼下的情况，有六成的可能性我们遭遇了一种新智慧形态。"

"六成？"

"61.43562%，阿瑞斯的估算结果。"

基内德不知道这一切是如何发生的。

这些人要释放他，还有他的全部船员。这是一个天大的好消息，让人不敢相信。失去自由整整一年，他已经放弃了希望。他甚至不知道自己的船员们是否还活着。

前来的人示意他进入一节车厢。他默默地走过去。车厢壁并没有特别的屏蔽装置，他可以看到很远很远。他一眼看到了自己的飞船。

威武的飞船悬停在半空。

巨蟹号！激动这种心情距离基内德很遥远，作为船长，时刻要保持清醒、冷静、理智。他的模板完全根据这一要求制造。然而此刻基内德知道，船长模板仍旧存在一些缺陷。不是理性，而是另一种东西驱使他目不转睛地盯着飞船。他向着巨蟹号的方向掉转身子。头部摆出最合适的角度。瞬膜不断闪动，巨蟹号逐渐清晰起来。

一层层的屏障被克服，船长室终于能够在眼前聚焦。

他看见一个人躺在船长的座位上，似乎处在昏迷中。他辨认出了这张脸。

蛇雨仙！仙女号来了。是这个冥顽不化、一心一意等待阳光号的人拯救了巨蟹号？

弹头嵌在肩胛骨和左第六肋骨之间。大量的淤血。心脏微弱搏动。

濒临死亡。他怎么控制巨蟹号？

"基内德！"有人喊他。

基内德飞速转头。一年又十五天，眼前的面孔有些陌生，却又那么熟悉。

强有力的手紧紧地握在一起。

"船长，我们可以回去了。"

"我们离开，再也不回来。"

卡迪拉仍旧在黑云下方穿梭。雷戈不愿离去。

紧急事务委员会决定接受条件，释放所有巨蟹号船员。这是一个屈辱的决定。然而安全总部束手无策，委员会没有多少勇气反抗。

巨蟹号是某种危险。

他们可以是任何东西，但绝不再是人。委员会起初以13：11的微弱多数同意雷戈采取行动扣留这些怪物，同时没收巨蟹号。人类有权利纠正自己的错误。一艘丑陋的飞船，一群危险的异类，看起来这是个不折不扣的错误。

雷戈清楚地记得那个长着蜥蜴般双眼，额头中央还有第三只眼的船长。

"如果你们不愿意接受，就让我们走。"船长平静地和雷戈说话，似乎一点也不为即将到来的厄运担心。

雷戈没有让他走，他没有放过巨蟹号上的任何一个生物。鉴定的结果，除了三只类似于狗的生物还有水箱中的一群鱼类，其他所有奇形怪状的生物，都是某种"人"。

三百四十四个"人"被关押起来。几天之内，三十个孱弱得只剩下心脏和脑袋的家伙死去。他们的身体根本不能承受环境和情绪的巨大冲击。三十多天后，一些囚犯变得躁狂，那是些力大无比、身手矫健的家伙，他们特化的手甚至能够在钢铁上划出很深的印痕。特制的囚室几乎被他们歇斯底里的吼声震垮，自杀式的冲撞让人感觉整个安全总部都在颤抖。二十五个类似的囚犯在几天之内相继发狂，死去。

后来没有再发生大规模死亡事件。然而所有的囚犯突然都沉默下来，无论面对什么询问都拒绝开口。只有那个所谓的船长继续交涉。

接触的次数越多，雷戈越发感受到压力。干净利落的分析，简洁明快的判断，无懈可击的逻辑，强有力的智慧。船长用理性的力量不断感染着他，甚至他想如果他是一个正常人并且竞选船长，他会百分百投他一票。

可怕的念头一旦成长起来就无法遏制。雷戈赶紧同意了科技总部的要求，把仍旧活着的所有囚犯送走。决心已经软化，雷戈不知道继续监管交涉会有什么后果。也许他会承认犯了错误甚至罪行，然后让巨蟹号远走。这种情形想起来让人心寒，雷戈不愿意多想。

然而此刻他无法逃避。

几辆大型轨道车进入安全总部的站台。有人下车。雷戈一眼认出走在最前边的那个——三只眼的船长。过去将近一年，印象仍旧深刻。他似乎感觉到船长那洞穿一切的眼睛正注视着他。

他们将要走了，不会再有任何东西能让他们回到阳光号来。

"蛇雨仙。"

轻微的声响唤起蛇雨仙的知觉。在朦胧和倦怠中他微微张开眼睛。

身体很轻飘，仿佛回到了熟悉的太空舱。

Snake 活跃起来。它不仅控制了仙女号，也控制了巨蟹号，它甚至仍旧在阳光号上存在。

看起来巨蟹号获得了胜利。

一切看起来都很好。我还活着。蛇雨仙挺一挺身子，陌生感挥之不去。他惊讶地发现自己浸泡在液体中，微微有些浑浊的黄色液体充斥着整个空间。液体渗透进每一个细胞，他没有呼吸，没有心跳，但是他活着，甚至能听见细胞分裂滋长。

一抬眼，看见几个有些变形的人影，于是他知道自己被装在透明容器里，就像被浸泡的标本。

基内德和两个助手正在看着他。他们在努力挽救他。Snake 告诉了他一切。

最后一个疗程，再次从昏睡中醒来，就会恢复健康。

蛇雨仙昏昏睡去。

在进入昏睡前的一刹那，他了解到阳光号走了，仙女号被收在巨蟹号的船舱里。不再有任何东西可以期待，他们是真正的宇宙流浪者。

"我们是人类的继承者。来和我们一道。阳光号不过是个梦，对于流浪者，梦早该醒了。我们只有自己寻找出路。"

"蛇雨仙。"重重瞬膜下边细小的瞳孔盯着蛇雨仙。

基内德脸上并没有表情。那是一张几乎凝固的脸。

蛇雨仙毫不怀疑这硬壳一般的面孔下有一颗善良而坚定的心，然而这张脸看起来终究让人恐惧。他们远远地超越了时代，而他仍旧停留在一个已经失落的世界里。

蓝色珍珠般的地球缀在傍晚的橙色天空。赤红的火星徜徉在地平线，是带着血色的弯刀。红彤彤的太阳和火星相对，散发着温暖的气息。

失落的世界。

这幅图景激发不起基内德的任何共鸣。

非常，非常，非常普通。

对蛇雨仙却是接近固执的执着。

家。

在那样的一个晚上，他离开，再也不能回去。

"阳光号来了又走了。你还期待什么？"

"家。"

"雨。"轻飘飘的声音却像尖利的刺，蛇雨仙依稀可以听到黎的声音。

"你可不可以为了我，为了这个家留下来？"黎再一次问他。女人有无穷尽的耐心问同一个问题。她想要一个答案，却因为不是想要的答案而一再努力。倔强，执着，却深爱着他的女人。

家。

是的。她已经有了孩子，蛇雨仙不知道如果他知道这个是否会留下。他想他会留下，他们会结婚，他们会很恩爱，有聪明活泼的孩子，有一个温暖的家。

一千年前的那个夜晚凝固在时间长河里，轻悄的呼唤后面掩藏着太多的秘密。轻飘飘，随风而逝，却猛然间像铅锤般落在蛇雨仙的心上。

他和已经逝去的一切绑得太紧，再也没有解脱的可能。

"我不会和你去。"

"我想知道原因。你已经见到了阳光号，你没有选择它。"

"因为我是一个很古老的生物，我想你们已经失去了理解我的可能。"

"我能理解人类能够理解的一切问题。"

"我知道你们向前走了很久，你们的知识远远超越阳光号，然而当你们开始按照设计来制造人，我们就走在了完全不同的道路上。"

"我能够理解。"基内德充满固执般的自信。

"我知道如果你的大副在船外遇险，只有很小的希望生还，救回他需要付出高昂的代价，你绝不会去救他。你会用更有效率的方式，重新制造一个大副，赋予他必需的全部天赋和知识来取代这个将要死去的。甚至包括你自己，你一旦有意外，船员们将制造一个新的代用品。这是你们的生活方式，对吗？"

"这是理性的态度。"

"这不是我的方式。你可以嘲笑我原始，然而不能改变我的方式。"

基内德沉默着。他明白这个孤独宇航员的逻辑，然而当他思考这种逻辑的起点，却发现自己在那里一无所有。那些东西已经随着二十三条双螺旋体千万次的重组净化而消失得干干净净。

"你也许明白父母、兄弟、爱人、孩子、朋友的字面意义，我却并不奢望你能够理解这里边任何一个字眼背后的真正含义。你们没有情感。你不能想象这对我意味着什么。我不能和无法理解的人生活在一起。"

瞬膜不断闪动，基内德可以看到蛇雨仙的心跳。平静而沉稳的心跳表明那是一个深思熟虑的结果。他已经考虑了很多，他不需要考虑更多。

"甚至你不能理解为什么我会去救你们。我想你能够找到这条历史记录。4115年，我和两个人一起完成了半空平面飞行。方立志，还有霍铜。霍铜上了巨蟹号，他的理想就是一个纯粹理性的社会。霍铜曾经救了我，我欠他的。我不可能再挽救他的生命，不过我终于挽救了他的理想。"

霍铜。基内德不记得这个名字。如果那是第一代居民，那是一万多年前的古人。原始得不能再原始的古人。巨蟹号能够继续在宇宙里生存，得益于一个原始人和一个跨越时空的原始人之间那种所谓友谊的情感。看起来似乎很荒谬。

"巨蟹号不会强迫任何人做任何事。我可以把仙女号还给你，你可以自己选择生活，但是在那之前，我希望你告诉我一些答案。

"阳光号派出了一艘飞船追击，那可能是他们最先进的飞船。出于惩戒，我决定击毁飞船。作为我们受到不公正对待的报复。然而，巨蟹号放过了它。不是我们放过了它，是巨蟹号。它做了一件完全相反的事。它把大量信息以阳光号能够辨认的编码发送出去。你能解释这件事吗？"

蛇雨仙明白这件事。那是 Snake 的杰作。它几乎每时每刻都在进步，巨蟹号让它有了一个质的飞跃，它变得更强壮，更有力量了。是的，它知道那个庞大的原生宇宙根本不能拒绝这样的一份厚礼。那里边包罗了一切他们热切渴望的秘密。当然，也有他们并不希望的东西。比如，一个蛋。它可以遵循指令击毁先锋号，不过某种特殊的理由让它做了不同的选择。

"我能解释。不过最简单的办法是放一个电极在你的头脑里，让它和巨蟹号相连。"

"为什么？"

"在冬眠时期，有两个电极接在我的头部来监控新陈代谢的微小变化。后来发生了某些事。如果你想知道答案，这是最简单的方式。"

"是什么？"

"我不想说。如果你想知道，就试一试。我的冬眠期是十年，也许你需要冬眠一个月来做这个。"

"一切问题都能够得到解释？"

"是的，一切问题。"

"包括为什么你了解巨蟹号，甚至一个人就能控制整个飞船？"

"是的，可以解释。"

基内德沉默下来仔细思考。蛇雨仙露出微笑，对于只剩下求知这一种欲望的种族，这显然是一个无法拒绝的诱惑。Snake 成长得很快，它已经明白了很多事。它甚至知道，先锋号的那个船长，是蛇雨仙的某种延续。宇宙和宇宙之间有继承，仿佛不同宇宙中的 Snake 其实是同一个。它放过了先锋号。

基内德的目光投向蛇雨仙身后，那是一个庞大的计算屏幕。巨蟹号主机隐藏在屏幕后边。那里有一个秘密等待他去了解。

他再次看着蛇雨仙。

雷戈喝了一口咖啡，透过玻璃向下俯瞰。川流不息的车和人来来往往。足够的高度把视野拉大，让一切看起来都仿佛蝼蚁。一切不过是匆匆过客。

　　过去一天发生的事无疑将影响他的整个人生轨迹，也许是阳光号的轨迹。

　　阿瑞斯计算了阳光号和仙女号的时钟，假设巨蟹号和仙女号在一年之前会合，那么只可能是巨蟹号向着时空坐标的一端移动了一万年。他们发展了一万年然后回到正常的时空来和阳光号会合。这个事实本身就可以看作奇迹。也许一万年之后，阳光号也正如今天的巨蟹号。阳光号瞥见了自己在未来的影子。

　　巨蟹号消失。先锋号根本无法追踪。这在意料之中。

　　巨蟹号发送了大量信息。似乎是珍贵无比的科技资料。这出乎所有人的意料。

　　在委员会，雷戈投票赞成马上对这些资料进行深入详尽的研究，那是用巨蟹号的联络密码写成的，巨蟹号的意图就是让阳光号能够读懂这些东西。表决以 19∶6 决定暂时将这些来自巨蟹号的信息独立存储，隔离研究，以最谨慎的态度避免陷阱。雷戈对这个决议并无所谓，当被对手甩下一万年之后，再多几十年上百年几乎没有任何影响。

　　脚下的星球喧哗而热闹。人们在四处奔忙。

　　雷戈抬起头，安全总部上方是星球的一个口子，他可以看到巡航飞船的灯火在无边的黑寂中闪烁。人类就仿佛这孤单的灯火。

继续走吧。目标永远在远方。前方的一切不可预测，却别无选择。

蛇雨仙进入了冬眠。基内德帮助改进了仙女号，让它有能力在虚空和实空之间折返，而不再做半空平面的徘徊飞行。于是他可以自由控制自己的时钟。巨蟹号的时钟比阳光号快十倍，他们向前走了一万年。蛇雨仙却并不需要如此。如果可能，他愿意将时间停滞下来。实空间的一个世纪，不过是他的三十天。他可以每隔千年返回去看看不同的人类世界。

然而他不再需要外面的世界。金色太阳崩溃的那天，他的世界已经完完全全地失去了。在某种程度上，基内德是对的，太阳风暴卷走了一切，而他不过是幸存的流浪者。一个不再有家的流浪者。他甚至不知道自己的后半生应该做些什么。

不过也许他能做点什么。Snake 能够帮助他建立一个新世界。一个他想要的世界。

不过，他不能决定所有的一切。这超越了他的能力。他埋下了种子，却无法预见所有的可能。一切都有一个开端，然后有一个结束。他想知道自己的种子最后能开出什么样的花，结出什么样的果实。也许是一个他所希望的世界，也许不是。不过，这没有关系。他会看护这种子，让它成长。也许会失败无数次，但没有关系。他有无穷的时间，足够一次次地推倒重来，直到真正满意的世界出现。

是的，直到有一天，他能够看到这样的情形：地球仿佛蓝色珍珠，缀在傍晚的橙色天空。赤红的火星徜徉在地平线，是带着血色的弯刀。红彤彤的圆盘和火星相对，散发着温暖的气息。那是太阳，哺育地球，给予生命的太阳。

"雨。"声音很轻，却让他无比迅速地回头。

笑容绽放在女人的脸上，也绽放在他的脸上。